DOCTOR WHO

Dead of Winter

死亡寒冬

[英]詹姆斯·戈斯 / 著
施 然 / 译

新星出版社 NEW STAR PRESS

DOCTOR WHO: Dead of Winter by James Goss
Copyright © 2011,2015 James Goss
First published as Doctor Who: Dead of Winter by BBC Books, an imprint of Ebury, Ebury Publishing is part of the Penguin Random House group of companies. Doctor Who is a BBC Wales production for BBC One. Executive producers, Chris Chibnall, Matt Strevens and Sam Hoyle. BBC, DOCTOR WHO and TARDIS (word marks, logos and devices) are trademarks of the British Broadcast Corporation and are used under licence.
This edition arranged with Ebury Publishing
through Big Apple Agency, Inc., Labuan, Malaysia.
Dead of Winter Chinese edition copyright:
2021 Chengdu Eight Light Minutes Culture Communication Co., Ltd.
All rights reserved.
The Cover is produced by Woodlands Books Ltd.
著作版权合同登记号：01-2019-7598

图书在版编目（CIP）数据

死亡寒冬／（英）詹姆斯·戈斯著；施然译. —— 北京：新星出版社，2021.4
（神秘博士）
ISBN 978-7-5133-4397-8

Ⅰ. ①死… Ⅱ. ①詹… ②施… Ⅲ. ①幻想小说－英国－现代 Ⅳ. ①I561.45

中国版本图书馆CIP数据核字(2021)第041062号

死亡寒冬

［英］詹姆斯·戈斯 著；施然 译

责任编辑：	杨　猛
特约编辑：	姚　雪　康丽津
责任印制：	李珊珊
装帧设计：	付　莉　张广学

出版发行：	新星出版社
出 版 人：	马汝军
社　　址：	北京市西城区车公庄大街丙3号楼 100044
网　　址：	www.newstarpress.com
电　　话：	010-88310888
传　　真：	010-65270449
法律顾问：	北京市岳成律师事务所

读者服务：	010-88310811　service@newstarpress.com
邮购地址：	北京市西城区车公庄大街丙3号楼 100044

印　　刷：	北京华联印刷有限公司
开　　本：	910mm×1230mm　1/32
印　　张：	10
字　　数：	168千字
版　　次：	2021年4月第一版　2021年4月第一次印刷
书　　号：	ISBN 978-7-5133-4397-8
定　　价：	48.00元

版权专用，侵权必究；如有质量问题，请与印刷厂联系更换。

序　言

《死亡寒冬》这本书的创作灵感源于一幅著名的画作，以及一档关于世界最怪异的气候现象的纪录片。

从列奥纳多·达·芬奇到文森特·梵高，许多伟大的艺术家在《神秘博士》的故事中都发挥了重要作用。M. C. 埃舍尔那些"不可能的建筑"的蚀刻版画造就了卡斯特洛瓦尔瓦这座折叠之城，爱德华·蒙克的《呐喊》促成了外星生物"寂静"的诞生，而《迦里弗莱的陨落》这幅画则成了博士拯救母星的关键。

一位颇具争议的艺术家——杰克·韦特拉伊洛——的手笔则是本书的灵感来源。杰克曾做过宾果[1]的叫号人，也是一位被艺术学校拒收的业余画家。不过，倘若从另一个角度看待他的人生，杰克可以算是当今世上最成功的画家之一。你一定看过他最为畅销的作品——也是世界名画之一——《唱歌的男管家》。这幅作品中，一对情侣在风雨交加的海滩上共舞，男管家立于画面一侧，女仆则站

---

1. 一种纸上游戏。利用一张写满数字的5×5方格卡片，玩家根据叫号人随机抽取的数字在卡片上做出标记，最先连成五条线者喊出"宾果"成为赢家。

在另一侧摇动留声机。后来，韦特拉伊洛又将这一幕迷人的画面复刻到了《与我共舞，至爱的尽头》中，一对对情侣在冰冷潮湿的海滩上无休止地转圈，渐渐消失在浓雾之中。换句话说，没错，本书最后几章里的场景与之如出一辙。

你或许认为《唱歌的男管家》的格调乏善可陈，也可能认为这是有史以来最杰出的作品。无论持哪种观点，每个看到这幅画作的人无疑都会好奇：这些人究竟是谁？为什么要在天寒地冻还下着雨的海滩上共舞？他们相爱吗？抑或这更多的是一支充满悲剧色彩的舞蹈？正是上述这些思绪，促成了现在你手中的这本书。

我的父母居住在海边，到了冬天，那里会变得格外奇幻。游客们纷纷返家，海滩上突然变得空荡荡的。除了无垠的大海之外，你不妨可以想象自己是世界上唯一的存在。这时，你会开始思考，大海正在打什么主意？

这就要提到那档关于世界最怪异的气候现象的纪录片了。数百年来，水手们总是提到大海有时会出现的亮光。在有暴风雨的天气，来自海洋深处的一道光会帮助航行的船只照亮前路。在儒勒·凡尔纳的《海底两万里》中，一艘迷航的船因为遇上谜一般的磷光而转危为安。感谢科学（以及纪录片的精彩解说），我们终于得知了海底奇怪亮光的真相：数以亿计的发光微生物——也就是甲藻[1]——在风暴的

---

1. 海洋和淡水中浮游植物的重要组成部分，是能够形成赤潮和水华的主要藻类之一。

搅动下，产生了一种类蛋白荧光物质，其学名非常贴切，叫作萤光素酶。

好了，科学解释到此为止，而我对另一个有意思的解释更情有独钟：有一种生活在大海里的东西——某种难以捉摸的亮光——跟在受到惊吓的旅人身后，亦步亦趋。这种亮光有些充满善意，有些则沾染罪恶，会将航海者引向生路或者投入地狱。该传说由来已久，遍布各地，而亮光也因此被称为"幽灵之光"——以此作为《神秘博士》的故事标题真是再合适不过了[1]。

总而言之，以上就是本书的立足点——一点点"魔法"和一幅画。接下来就轮到些许历史背景了。结核病是一种可怕的消耗性疾病，直到几十年之前才得以医治。在此之前，屡试不爽的治疗方法是将病人安置在空气清新、宜人的场所中，例如山上或者海边，有时这种方法疗效甚佳，有时只是暂时延长了病人痛苦的生命。

一旦染上结核病，人们只能在痛苦中度日。疾病摧垮病人的肺部，使人日渐消瘦。友善快活的胖大叔渐渐变得纤弱、寡言，圆润丰满的歌剧演员慢慢沦为气若游丝的"鬼魂"。面色苍白、畏光、唇上沾有血渍……这些症状让人将病人和吸血鬼联想到了一起。许多病人拼命掩饰症状，唯恐自己被揭穿后会引人非议；整个家族认定病人消耗了其他成员的生命力，因此会将这些不祥之人赶走；在

---

1. 老版《神秘博士》剧集第二十六季第二集。

皇室中，闺阁由保姆严加看守，她们警觉地检查着枕头上的血痕，迫切地想把这种可怕的疾病挡在皇室血统之外。

在现实生活中，直到19世纪，为结核病的病人建造专用海边疗养院的做法才逐渐流行起来。但在这个故事里，布卢姆医生那家不寻常的诊所出现得稍微提前了一段时间，而且无人察觉。毕竟，那可是18世纪80年代，法国大革命即将到来，欧洲有许许多多其他事情需要烦恼，而布卢姆医生可能恰好打算拯救人类。

故事发生的年代致使这本书的叙述方式有些不同。在《神秘博士》的衍生小说中，主要由信件和日记构成的作品已有先例——这一荣誉当属唐纳德·克顿的剧改小说《罗马假日》[1]。18世纪晚期，书信体小说风靡一时。萨缪尔·理查逊的《克罗丽莎》、皮埃尔·德拉克洛的《危险关系》，甚至简·奥斯汀的早期作品都用到了书信体。这是一种行之有效的叙述方式，特别是当你笔下的角色无一知悉事情全貌的时候。

不管怎么说，我们翻开了这本书。一种可怕的疾病、一类奇异的微生物、一幅颇具争议的画作，所有这些都被捆扎进一摞信件，构成了发生在海边的故事。这部作品能够选入"历史典藏系列"并讲述第十一任博士的旅程，我感到非常高兴。希望你们也能享受其中。

---

1. 老版《神秘博士》剧集第二季第四集。

附：如果你读完整本书后辗转反侧、难以入眠，好奇小说最后的情节为何与新版《神秘博士》第六季的剧情惊人地相似……很抱歉，我只能说这一切纯属巧合。老实说，我在写作的过程中并没有剧本可以参考。当看到那一集时，我也一头雾水，惊得连嘴里的烤肉串都掉了下来（没错，当时我正在吃烤肉串），然后小声嘟哝道："装袋区出现不明物体！"这也再一次证明，没有人能够一览事情的全貌。

詹姆斯·戈斯

2014年9月

致我挚爱的佩蒂塔

你无可替代

——约翰

艾米忘事簿

塔迪斯正在坠毁,最明显的迹象就是地板倾斜了六十度。我之所以知道得如此精准,是因为博士指出了这一点。

"六十度!"他喊道,就像在和老朋友问好,"艾米,这是严峻事态。"

我咧嘴一笑,然后看到了我丈夫脸上的表情。罗瑞正拼命抓住一把椅子,大声抱怨着"老天,你可没说这是家海鲜餐厅!"之类的话。一到担心的时候,我丈夫脸上的表情就会令人叹为观止。自从我们搭乘塔迪斯旅行以来,他就总是一副忧心忡忡的样子。

"放轻松!"我大喊道,"我们之前搞定过倾斜六十度的情况,对吧,博士?"

"对,没错,很多次。"博士赞同道。与此同时,塔迪斯的时间引擎发出蒸汽火车轰鸣般的响声。"好吧,之前可能不到六十度,至少有一阵子没有斜得这么厉害了。"控制台上窜出了小火苗。"哎,"博士哀痛地叹了口气,"时间耦合器烧坏了。

不过,还能指望什么好结果呢?六十度可是个大问题。"

"好吧。"罗瑞嘟哝了一声,声音大到刚好盖过塔迪斯发出的巨响。

博士拼命抱紧中央的巨大玻璃柱,后者正闪烁着反常的色彩。如果塔迪斯是个正在参加单身派对的姑娘,我敢说,她不到三十秒就会大声叫道:"莎伦,我要吐了!"

水汽从博士的手边升腾起来。"随便抓住点什么东西!"他大喊道。

"但我正抓着——"罗瑞正打算开口,就在这时,塔迪斯的内部整个儿翻腾起来。主控室如同滚筒洗衣机一般飞速旋转,把现金、书本、外星部件都甩了出来,然后,一切停止转动,上下颠倒。

"光彩夺目!"博士轻声说,"天花板可真华丽。有趣的是,直到悬在天花板上方20英尺[1]高的时候,你才得以欣赏它的美。"

我像抓着救命稻草一般紧紧抓住塔迪斯的某块控制组件,它好像是用旧班卓琴[2]制成的。但愿这块组件无关紧要,因为我感觉它承受不住我的体重,快要折断了。

"为什么会这样?!"我大声喊道。

"是啊!"罗瑞说。他卡在了楼梯之间,循着声音我才突然

---

1. 约6米。
2. 班卓琴,上部形似吉他,下部形似铃鼓。

发觉，他离我那么远。

博士严肃地看着我俩，"目前还说不准。"他仍然紧紧地抱着玻璃柱，像穿着粗花呢外套的螳螂一样倒挂在上面，而现在，玻璃柱闪烁着不对劲的红色，"我可以确定的是，我们绝对还在下坠，时间转子已经变得滚烫了。"他看向我，"抱歉，你能不能够到曲速传送线圈，庞德？"他顿了一下，更大声地重复了一遍，"曲速传送线圈！"

"乐意喊多大声就喊多大声。"我瞪着他，"还是听不懂你在说什么。"

"行吧。"博士说着，不知用什么方法做了个耸肩的动作。

又有什么东西爆炸了，塔迪斯再次倾斜起来。当飞机遭遇气流而发生颠簸的时候，你会突然意识到自己其实身处一个薄薄的金属管中。在离地面数千米的高空中，这层金属真的形同虚设。现在我就有这种糟糕的感觉！我只能透过大屏幕看到塔迪斯在时间旋涡中翻滚，如同滚珠滑入了排水管道一般。

"时空区附近出了些乱子！"博士压过噪音大声喊道，"塔迪斯可真喜欢凑热闹，就像一位小老太太看到隔壁车道发生了事故，便忍不住减速下来东张西望一样。老天保佑。"

"这可不是减速！"罗瑞吼道。

"说得好。"博士表示赞同，将一条腿绕上散落下来的电缆，"不过，从好的一面来看，这就解释了为什么我们每次着陆——"

"都会遇到麻烦！"我笑了起来。

不管发生什么事，我都乐在其中。博士这个人最重要的一点就是，他总会让你感到安心。只要看上一眼，看到他眼中流露出来的兴奋，看到他脸上绽放的笑容，看到他爬上快要融化的玻璃柱时那副略显绝望的样子，我不知怎的就不担心了。哦，博士，我心想，我永远也不会忘记你。这句话听起来怪好笑的。

控制台上，一只老式闹钟响了起来，铜制小摆锤一遍又一遍地敲击着一侧的小铃铛。

"那是什么？"罗瑞嚷道。

"接近传感器！"博士高兴地大叫着，还是没能抱住那根柱子，"这意味着……"

塔迪斯坠毁了。

玛丽亚的来信

圣克里斯托弗
1783年12月4日

亲爱的妈妈：

哎！这里好无聊啊，而且很冷。夏天已经结束了，没人可以再陪我一起玩儿。目前我感觉身体好多了，所以求你了，什么时候派人来接我呢？我无比渴望回到巴黎。我想念爸爸和小狗（这周我打算给它们取名为安东尼和克莉奥佩特拉[1]——是不是很有趣？）。当然了，我最想念的还是你。

我已经好久没有见到你了。我敢说，自从分别之后，你一定又有好几套漂亮的新衣服了，而我的衣服现在看上去恐怕越来越邋遢了——这里的衣服洗得比艾洛丝在情绪最差的时候干的活儿还要糟糕。所以，拜托你告诉我那些新衣服是什么样子的，以及我猜家里是不是新添了小马驹？

---

1. 马克·安东尼，古罗马政治家和军事家；克莉奥佩特拉七世，世称"埃及艳后"。

布卢姆医生的诊所还是和夏天时一样，只是屋子里更黑暗，也更寒冷。你大概不会喜欢现在的天气。这里阴雨连绵，让人怀念晴天的日子。每个房间都在漏风，壁炉里的火连连冒烟，呛得病人们直咳嗽。

我发现，这里的大多数人都郁郁寡欢，缺乏交流。唯一的新访客是一个胖胖的英国老头儿，他大着嗓门对布卢姆医生骂骂咧咧，抱怨周围的一切。鲍里斯王子已经住进了他自己的套房。其他人都非常安静，而我不怎么想和他们聊天。

妈妈，我想说的其实是，我不喜欢和他们聊天。当然，他们病得很重，除非主动开口，否则不应该被叨扰，这些我都知道。但是……他们现在有些不同了。

如果你有时间，我会一五一十地告诉你，但如果我说了，希望你能为我勇敢一次。或许你会觉得我的话纯属危言耸听，但请不要有这种想法。

布卢姆医生还在继续用新鲜海洋空气疗法医治最严重的病人。你还记得夏天的时候他是怎么治疗的吗？一群护士把坐在轮椅里的病人推到海滩上，然后自行离开。好吧，即便到了冬天也是一样。布卢姆夫人说，寒气会把病根从肺里冻出来。不过说实话，任由病人在海边从早坐到晚也不是什么好主意，不是吗？晨光熹微，海雾浓厚，他们看起来就像幽魂一样。我知道，你告诫过我不要这么称呼他们，可我还是忍不住要说，那些幽魂一整天都坐在海滩上。

不过，这还不是我要说的那件吓人的事情，妈妈。有时，我会下到海边同他们做伴，但幽魂并不孤独，因为浓雾中有什么东西在和他们说话。

就是这件事！我说出来了。

天哪，妈妈，我吓坏了！请让我回家吧。

保持联络。

永远爱你的

玛丽亚

艾米记事簿

我醒了,然后立马希望自己没醒。我感到一阵头晕目眩,过了好一会儿才看清楚自己究竟在哪里。白到晃眼的房间内,一个小女孩坐在我的床边。她穿得就和《克兰弗德》[1]里的角色一样,只差戴上无边软帽了。

"啊!"她惊呼道,开心地拍着手。休斯敦,我们有响板了[2],看着真累人。"你醒了!我太开心了,小姐。"听上去是法国口音,有意思。

"嗯。"我沙哑地说,感觉喉咙很干。

她递给我一杯水。

"你是谁?"她的眼睛睁得大大的,一脸好奇。

一瞬间,这个问题难倒了我。我不太确定,只记得……呃,实际上,什么也不记得了。天哪。

"我叫玛丽亚。"女孩儿咬着头发,一本正经地说。她有一

---
1. 一部英剧,故事发生在1842年的英国小镇克兰弗德。
2. 艾米修改了《阿波罗13号》中"休斯敦,我们有麻烦了!"这一名句。

头长长的金发,简直就像广告里的一样。她盯着我,"我十一岁了。"似乎在等我说些什么。

"好吧。"我喝了一口水以拖延时间,心中油然升起一丝恐慌。我的名字是什么?

"你不记得了,是吗?"玛丽亚顽皮地笑了,"他们说你可能会不记得自己的名字。"她傻笑起来,似乎觉得这很有趣。

"谁说我可能会不记得?"

"大家都在说。"她耸了耸肩,"我在走廊上听到的。这里没多少访客,你是新来的,免不了被人议论。有你做伴我可太高兴了,真心希望你是个有趣的人。你喜欢玩游戏吗?"

面对这一局面,我有点张皇失措。老实说,不断攀升的恐慌感根本没有帮上什么忙。我试着挤出一个微笑,但似乎并不怎么令人满意。

"喜欢,"最后我说道,"我确实喜欢玩游戏。他们有没有说我出了什么事?"

玛丽亚把头歪向一边,"看样子,你的马车撞坏了。他们今天早上把你送过来的。"

说得通,也许吧,我依稀记得一点画面——整个世界天旋地转,然后是猛烈的撞击。不过……远远不止这些,应该还有其他什么东西,比如潮湿的沙子。

我探头向窗外望去,天空灰蒙蒙的,几棵树的枯枝在风中摇曳。我似乎听到……

"我们在海边吗?"

玛丽亚郑重地点点头,"哦,是的。圣克里斯托弗是个度假胜地,高档奢华。人们专程从法国和意大利来到这里。"

我挣扎着从床上起身,"这么说,这是一家旅馆?"

玛丽亚用手捂着嘴巴偷笑,"差不多吧。给死人住的旅馆。"

我心下一惊,这听上去可不太妙。

"你这话是什么意思?"我眯起眼睛,结果这个动作让我头疼,于是我放弃了。

"濒死之人会到这里来,"她耷拉着脸说,"我是说,这些人希望自己能够恢复健康,但最终还是死了。一些人确实康复了,他们是幸运儿,比如我的妈妈,她已经回到了巴黎。我跟你说过我家的房子很漂亮,还养了矮种马吗?"

矮种马?我摇了摇头,努力集中注意力。我的头嗡嗡直响,而我甚至连自己的名字都不知道,眼前的小女孩又无比热情……我现在只身一人,而且……

"现在是哪一年?"一说出口,我就意识到这是个古怪的问题,但习惯性地脱口而出了。我之前总会遇到这样的困扰吗?一段记忆突然涌入我的脑海:一个蓝色的东西侧倒在海滩上,还有冰冷的海水、绿色的亮光……以及潮湿的沙子。

"1783 年。"玛丽亚颇为骄傲地扬了扬头。

"真棒,玛丽亚,说得没错。"我说着,艰难地挪动身体。扯开被子后,我才意识到自己穿着一件可爱过头的老式蕾丝睡袍。我把脚踩在地板上,发觉屋子里十分寒冷。我看着她,"好了,玛丽亚,"我认真地说,"我现在要试着走走,然后搞明白自己到底在哪里。"

"那之后我们可以玩游戏吗?"玛丽亚激动起来。

"或许可以玩'你追我逃'的游戏。"我许诺道,"我先来。"

我迈出第一步,感觉整个世界旋转起来,脚下的地板也塌陷了。

就在这时,房门突然被撞开,两个男人一拥而入。

其中一个说:"喂!注意点!"

另一个大叫道:"她在这儿!"

两双手臂架住我的身体两侧,扶着我又回到了床上。天花板还在不停地旋转,只是不再出现眼冒金星的现象了。

等一切稍微平息下来后,我望向那两个男人——脑袋里就像炸起了一朵朵烟花——其中一个穿着糟糕透顶的西装,另一个则穿着长外衣[1],一脸担忧的样子。后者握住我的手,检查起了脉搏。

"玛丽亚!"我大喊道,瞬间对自己和整个世界感到莫大的喜悦,"我的名字叫艾米·庞德,而这两位正是我的男孩们!"

---

1. 一种男式礼服。

布卢姆医生的日记

1783年12月5日

该死,该死,该死,该死,该死!

今晨,当太阳刚升起的时候,科索夫发现三个陌生人躺在海滩上。科索夫喜欢出门散步,而我提醒过他很多次,不要让鲍里斯王子处于无人看护的状态,但科索夫仍然我行我素。他真的很喜欢去海边,可能是在聊天……好吧,无须多言。

据科索夫说,那三个人在海滩上挤在一起,身上的皮肤都泡皱了。我怀疑他们并不是昨晚出的事——如果他们真遇难了,那对我们来说无疑是件好事。三人中的年轻女子完全失去了意识,另外两个男人则坐起身来,揉着头直哼哼。透过一星半点的抱怨,科索夫初步推断他们是英国人。啊哈!科索夫可不是傻瓜。天晓得,我们所有人都不得不忍受伦敦恶霸内维尔没完没了的抱怨和哀号。内维尔先生好像没有意识到,他来这儿是为了治病,而不是度假的。这个蠢货一点也不信任我。

"请让我来治好你的病,先生。"他刚到这里时,我献上好意。

"上帝会治好我的。"他打了个嗝,然后开始抱怨这里的食物。

这个蠢货不明白一切都是有考量的——为什么房间的通风这么好,为什么食物如此清淡简单,为什么访客被禁止喝啤酒、葡萄酒或者黑啤?老实说,这个男人就是丢人现眼。重要的是,他把我惹恼了——但我还是会医治他的。我会治好每个人!没错,甚至连内维尔先生都会治好。

说到哪儿了?哦对,一如往常,那片诡谲之海……

科索夫看到晨雾在他们周围越积越浓,于是趁浓雾还没裹住他们,赶紧行动起来。那两个男人刚好可以互相搀扶着行走,他便帮忙把年轻女子从海滩上带了回来——想象一下,那个笨拙的大块头像搬柴火一样把人拖进来!我正准备吃早餐,他就带着她进来了,两个语无伦次的傻瓜则跌跌撞撞地跟在身后。

"你这是什么意思,科索夫?"我听到自己在发号施令(天哪,我什么时候变得这么傲慢了?),话语间从椅子上起身,协助他把那个女子安顿在长榻上。我察觉到她还有呼吸——那就好——而两个男人看上去都很关心她。

我挺直身子,拍了拍身上的马甲,对他们安抚地笑了一下。

"先生们,别太过担心,"我开口道,"没什么特别值得担心的。你们的朋友差不多陷入了深度睡眠,可能是轻微脑震荡所致。你们出了什么事吗?你们应该庆幸自己遇到了帮手,我很乐意留她暂时在这家诊所接受我的照料。"

"诊所?"其中一个男人眨了眨眼,"这是家医院还是旅馆?"

"两者兼具。"我笑道,"我是布卢姆医生。"

这个男人使劲握了握我的手,"我也是医生……"他顿了顿,脸上皱起了褶子,"哦老天。"他叹了口气,"好吧,或许暂时就叫我'医生'吧,我相信忘记的名字迟早会记起来的。"

我挑了挑眉毛,"你是医生?"

他点点头,"嗯,我想是的……有点记不太清了……"

我拍了拍他的肩膀,"你们在海滩上度过了艰难的一夜。这里气候恶劣,寒冬那冰冷的手指甚至已经触到了蓝色海岸地区[1]。"

"啊。"这位医生回答道。有那么一瞬间,他看起来好像根本不知道自己身处何处。他自言自语地嘀咕着什么,听起来好像是"曲速传送线圈"。这群英国佬!

他的同伴——和他差不多高,但更有威严——走上前来,"这里位于法国沿岸,风光甚好。"正是英国人的发音!"我是庞德先生,呃,至少我觉得应该是。"他害羞地笑了笑,"没错,我们的交通工具出了意外,相当意外。"他顿了顿,把最后一个词重复了很多次,试着用不同的口型说出来,好像都不怎么合适,

---

[1] 法国南部地中海沿岸。

最终还是放弃了。他耸了耸肩,"不管怎么说,我们来到了这里,而你是布卢姆医生。我相信艾米——顺便一提,我相当肯定她是我的夫人——对你提供的帮助一定会不胜感激。"

他的声音戛然而止,好像他这辈子都没说过这么多话似的。他的朋友——"管他什么"医生——清了清嗓子,"好吧,既来之则安之。或许在衣服晾干之前,你可以先借我们一些衣物?"

我看了看他们的穿着,那些衣服看起来……说实话……相当奇异。

他捕捉到我的目光,微微一笑,"我们穿的是旅行装束。你知道的,中用不中看。"

这个蠢货将双手插进湿淋淋的口袋,发出吧唧一声,竭力装出庄重的样子。

我冲他无力地笑了笑,"当然,非常乐意为你们效劳。我会为庞德夫人找一间屋子,然后我的夫人会给你们取来一些干净衣物。"

没等几分钟,佩蒂塔就来了——真是令人舒心的高效典范。她把虚弱可怜的女子挪到另一间屋子里,将多余的宽松衣物拿给那两个男人,又把他们打发到有温暖炉火的房间,只留下了我一个人。我凝视着窗外,目光顺着悬崖望向低处的海滩,不知道今天发生的一切意味着什么。他们真的是因为意外来到这里的吗?

佩蒂塔突然悄无声息地回到了身边,她覆上我的手,将下巴抵在我的肩上,"别担心,亲爱的。"她微笑着望向我,"我已经安顿好他们了,一切都会没事的。"

"真的吗?"我捏了捏她的手,她又回握了一下,"我只是有点担心,仅此而已。"

"你当然会担心。"她发出银铃般的笑声,令人甚感宽慰,"当然了,因为你是一个了不起的人,完成了很多出色的工作。这件事……只是一个小小的麻烦。"

"麻烦。"我玩味着最后一个词,故意把轻微的德国口音说得很重。佩蒂塔莞尔一笑——在我看来,她拥有世上最美的笑容。

"经过数不清的努力和多年的工作,我们终于到了这一步,就快到达终点线了。你知道吗?在付出的这么多年里,我从不曾有一丝畏惧。可是,三个陌生人的出现……却让我突然不安起来。"

我们站在窗边,手牵着手,一同俯视着诡谲之海。

玛丽亚的来信

圣克里斯托弗

1783年12月5日

最亲爱的妈妈、小狗和所有马儿：

我们有了新访客，他们真的太让人激动了！今天，我见到了留宿在这里的庞德先生和他的夫人。他们的马车在附近的小径上撞坏了，因此昨天晚上被带到了这里。庞德夫人叫艾米莉亚，她可有意思了！她说自己迫不及待地想和我玩游戏，还很喜欢小狗。庞德夫人有一头迷人的红色长发（比帮厨女仆塞西尔的头发还要长），而且笑声爽朗。她来自苏格兰，口音听起来十分滑稽，但法语说得非常流利，比讨厌的内维尔先生好太多了。

庞德先生也很可爱，只是看起来有点迷糊。在马车事故中，庞德夫妇都撞到了头——他俩的私人医生是这么说的。他叫史密斯医生，有一点拘谨，但我很喜欢他。

尽管庞德先生神情严肃，一副忧心忡忡的样子，史密斯医生却始终笑脸盈盈。他笨手笨脚的——我觉得那身西装不怎么适合他——但人很有意思,还喜欢和女孩们聊天,与布卢姆医生大有不同。他身上的味道很好闻,比内维尔先生好多了,所以我想,并不是所有英国人都那么邋遢。虽然史密斯医生一直声称自己不算是真正的医生,但庞德夫人显然无比器重他,庞德先生看起来则不那么明显——要说他有一点点嫉妒我也不惊讶。

史密斯医生和庞德夫人正在商量要不要玩某种球类运动,庞德先生却不想参与,说自己不太擅长。我告诉他这样想就错了,可他看起来很生气,好像别人总是说他错了。

这时,门开了,布卢姆医生走了进来。我看得出来,庞德夫人——她让我叫她艾米,接下来我就这么称呼了——是第一次见到他。我早已习惯布卢姆医生像只暴躁的大火烈鸟一样挤进房间,但艾米却倍感不安,只是直勾勾地盯着他。我记得,你总觉得布卢姆医生很滑稽,而接下来的这一幕十分有趣,让我来告诉你发生了什么……

"啊,可以起来活动了,亲爱的?"他拍了拍她的肩膀,"太好了,好极了!你看起来已经恢复得相当好了,这都要归功于这里不可思议的空气,我敢说,真是奇迹。只要让空气充满你的肺部,你就可以立刻康复。"他将架在鹰钩鼻上的眼镜往上推了推,以便用睥睨的眼光看着她。他总是这样做——我猜是想让自己显得严肃些——但问题是,戴着那顶荒谬绝伦的白色假发,他怎么可能严肃得了呢?布卢姆医生把假发压低了一些,但耳朵周围的头发还是支了出来,让他看起来就像一只西班牙猎犬。他连看都没看我一眼就笑着说:"看来你已经见过我们最小的访客玛丽亚了。你可不能被她累坏了,庞德夫人。在完全恢复之前,你必须好好休息。"他小心翼翼地拍了拍她的手腕,然后转向史密斯医生。

"好了,我得说,病人的情况看上去非常乐观,相信你也是这么认为的,先生……医生?"

"史密斯,"史密斯医生笑着点了点头,"我已经想起来了,我的名字是史密斯,相当肯定。史密斯是一个不错的古英文名,我更倾向于'高贵、勇敢的战士'这个含义,而不是'用锤子敲小猫的人',英国乡村常见姓氏的由来真是令人惊讶……"当意识到所有人正盯着自己后,他停了下来,清了清嗓子,"不好意思,你刚才是说艾米好多了吗?"他又清了清嗓子,"这个嘛……现在还言之过早……"他的声音越来越小,"医生……呃?如今我想起了自己的名字,却把你的给忘了。哎呀。"

"他是布卢姆医生。"庞德先生咕哝道。他站在窗边,皱着眉头俯视海滩。他其实并没有转过脸来,只是声音听起来有一丝不悦。你还记得爸爸发现麦片粥煮煳的时候那种语气吗?简直一模一样。

"对,布卢姆医生!"史密斯医生拍了拍额头,"抱歉,非常抱歉,我真的没……看来昨晚我的头撞得比想象中更严重。"

布卢姆医生友好地紧紧搂住史密斯医生的肩膀,以便让他安心。他想让这三个人信任自己,但我们不应该相信他,对吧,妈妈?"不要紧,朋友们,一点也不必抱歉。你们太走运了,知道吗?当听说你们是在海滩上被发现时,我差点以为你们没救了。"

"有人找到我们的马车了吗?"庞德先生没好气地问。如果你也在现场,妈妈,你一定会瞪他一眼的。英国人真没礼貌!可是,可怜的布卢姆医生还是泰然处之。

"没有,先生。看样子是马拖着马车一起消失了。我很抱歉,目前还没发现踪迹。不过,一旦你们完全康复,私人医生也同意后,我会非常乐意为你们安排别的交通工具。"

"嗯嗯。"庞德先生说,听上去一点也不满意。

史密斯医生赶紧接话说:"也许你应该坐下来……你可能还有点不舒服。"

"不,"庞德先生气呼呼地嘟囔道,"不用,我很好,史密斯医生。"他说得好像全是史密斯医生的错一样,这不公平。

艾米对我做了个鬼脸,"他俩总是这样。"她小声地说,"我们稍后见,好吗?"

我心领神会地离开了。走出去的时候,我听到她对布卢姆医生说:"要是我的男孩们懂点礼数的话,我相信他们会说:非常感谢你让我们留宿。或许,你可以详细介绍一下这里的情况?"

我不喜欢去海边,但我想离布卢姆医生远点儿。而且,我想知道，艾米的马车是不是在海滩上撞毁的？说不定我能找到一丝踪迹，或者发现一匹饥肠辘辘的马儿正四处转悠。

今天不算太冷，我一直记着你说的穿暖和点。天色阴沉惨淡，即使站在悬崖顶远眺，也能看到海滩上挤满了人。我沿着小径往低处走去。

那些幽魂一如既往地坐在那里。他们从不移动，没人动过，只是坐在折叠躺椅上盯着大海，哪怕下雨也毫不在意，直到太阳落山后才被带回诊所。我知道新鲜空气有益于健康，但还是无法相信眼前的画面。

你知道，海滩让我感到恐惧，所以我只在那里待了一会儿，直到……好吧……直到那一幕再次上演。刚开始，一切看似正常，只有幽魂坐在那里。紧接着，雾从海上席卷而来。随着雾变得越来越浓，光线逐渐暗淡下来，宛如夜幕降临。浓雾在病人的脚边纠缠，后者仍然一动不动地坐在那里，任由浓雾渐渐隐去自己的身影。我不想看到这一幕，浓雾让我感到冰冷恐惧。

然后，幽魂开始和浓雾交谈起来。我离得不够近，听不清他们在说些什么，但能听到说话声。接着，浓雾以歌声回应他们！随后，无数人影从海里涌现出来，迈着大步穿过浓雾，站在了幽魂身边。我看不清他们的脸，只能看到模糊的身影。歌声飘荡在空中，只有一个单调、哀伤的高音，仿佛是大海在对他们吟唱。

接下来，每个人影从躺椅上拉起一位病人，伴着旋律在忧伤的时光中双双起舞。天哪，妈妈，我从没见过这番景象——他们的舞步既曼妙又可怕——我的胃因为这怪异的庆典而兴奋地颤动着。万一他们看到我怎么办？

"有意思。"一个声音从我的肩膀上方传来。我倒吸一口冷气，转过身，看见史密斯医生正站在一旁注视着海滩和那些翩翩起舞的人影。他脸色严峻地说："我从未见过这样的景象。"

我们就这样站了一会儿，看着幽魂与人影共舞。然后，史密斯医生把脸转向我。

"你想过去看看吗？"他问。

我摇了摇头，表示不想到海边去。我意识到自己咬着嘴唇（我知道你很不喜欢我这样做），又摇了摇头。

"被他们吓到了吗？"他的声音很温柔。

我点了点头。

"我也一样。"他说，然后微微一笑，"你是个聪明的女孩儿，玛丽亚。"

我们走回诊所，在休息室喝了杯热巧克力。角落里，艾尔奎缇妮姐妹已经在演奏曲子了。

"多么美妙啊！"史密斯医生说着，向她们鞠了一躬。

艾尔奎缇妮姐妹一个胖一个瘦，我把她俩的事儿一股脑儿都告诉了史密斯医生。你还记得她们想要拉你一起演奏吗？现在，姐妹俩都拉得很好——瘦女士拉大提琴，胖女士拉小提琴。萨尔茨堡[1]来的那位闷闷不乐的女士也拉着小提琴加入其中,而南特[2]来的那个脸色苍白的男人本想演奏长笛,可很明显连气息都不稳。

"超凡绝伦,"史密斯医生哼着曲子唏嘘道,"太好听了。"

我深表赞同,"今天是个不错的日子,先生。有些日子,并非所有人都有精力进行演奏。"

"哦,当然,这可是四重奏,"史密斯医生严肃地点点头,"一定很费神。"

"艾尔奎缇妮姐妹认为演奏对她们的身体有好处……好吧,大块头的那位是这么说的,瘦的那位则从不说话……"

"真的?"

我严肃地摇摇头,"也不是。怎么说呢,她的肺部病得太严重了,只能勉强维持呼吸。"

"啊。"史密斯医生环顾四周,"这里是治疗肺痨的诊所吗?"

"抛开别的不管,是的。布卢姆医生因这家诊所而赫赫有名。"

"让病人和来自大海的生物共舞?这个地方有点诡异,是吧?"他咧嘴一笑。

我猜你会非常喜欢他。"我知道,但布卢姆医生和普通的医生不一样。"我回答道。

"确实不一样。"史密斯医生敛去笑容,"这地方有点问题。"

---

1. 奥地利共和国萨尔茨堡州的首府。
2. 法国西部城市。

一曲终了，史密斯医生执意要和艾尔奎缇妮姐妹聊天。大块头的奥丽维娅和他相谈甚欢，而瘦削、寡言的海伦娜则坐在一边乱写乱画。史密斯医生一直在和奥丽维娅聊天，但我发现他的目光游离到了海伦娜写的草稿上。我看不出她的草稿有什么意义，但史密斯医生显然对此十分着迷，盯得连海伦娜都注意到了。她出于保护似的用一只手遮住了自己的大作，和每次克劳德以为我在抄他作业时的反应如出一辙（我从没抄过！）。

"无意打扰，"史密斯医生用那双大眼睛看着海伦娜，"只是这些方程式太惊人了。"

海伦娜一言不发，奥丽维娅倒是开了口，悻悻地噘起嘴唇，"相比于人，我的妹妹对数字更情有独钟。"

"我得说，她令人无法苛责，"史密斯医生露出一个耀眼的笑容，"因为这些数字太出色了。"

海伦娜红着脸收起草稿，匆匆忙忙地离开了房间。

史密斯医生还想再说些什么，但被怒气冲天的英国人内维尔先生扰乱了局面，后者还没走进来，就开始抱怨起了他的早餐。

内维尔先生像一只气炸了的癞蛤蟆一样对女仆大喊大叫："这个鸡蛋煮得太嫩了！我不想再看到流黄的蛋了！"他一拳砸在桌子上，震得桌上的点心篮子都跳了起来。然后，他转过来瞪着我和史密斯医生。

"什么？！"他质问道，"你带来了一个陌生人，小女孩？"

我向他介绍了史密斯医生，但内维尔先生只是怒吼道："哈，又一个庸医！又一个外科医生！老骗子布卢姆会招人进来我一点也不奇怪，是时候了，我一直告诉他得找个像样的医生。不过，你看上去也没靠谱到哪儿去，先生。我给布卢姆提供过一份名单，上面都是我个人认可并可以引荐的医生，结果他对此置若罔闻。他说我的病是饮食不健康导致的——说到饮食，我倒要找他算算账！在这个鬼地方，就连蟋蟀也长不肥！那个女仆在哪里？"他左顾右盼，肥硕的面颊肉也跟着慢慢晃动。

史密斯医生冲我使了个眼色，"事实上，先生，"他心平气和地说，"我听说布卢姆医生的成功率很显著。你不和其他病人一起去海滩上吗？"

"和那些蠢货？"内维尔先生啐了一口唾沫，"我公务缠身，没那时间活动。除了处理重要文件、政府公文和许多急事之外，还有工作要稳步推进，我可没工夫被这些无用的事情打断。"他挥了挥手，把我们打发走了。

史密斯医生领着我尽可能远离内维尔先生。我们远远看着他又对一个西柚大喊大叫起来。

史密斯医生笑了，"好吧，我看得出你为什么在这里感到孤独了，玛丽亚。"

我告诉他自己有多想念你、矮种马和小狗，他难过地点点头，"我也想家。"他说，"或许有一天，我们能够回去……等艾米恢复得……"他闭上眼睛,"对不起,"他叹了口气,拍了拍自己的头,"昨天晚上撞得不轻,我不确定自己的状态比她好多少。"

"你认识她很久了吗,先生?"我问他。

"从她还是个孩子的时候就认识了。"他的脸上绽开了笑容,但很快又严肃起来,"说说你对海滩上那番景象的看法。实在太诡异了,对吗?"

史密斯医生就是这副样子——一脸柔和友善地说出尖刻无比的话,像疯子一样扫视四周。

我耸耸肩,"先生,如你所见,我不清楚发生了什么,也不想谈论这件事,因为没人相信。我想告诉妈妈,或许她听了就会带我回家。"

史密斯医生双手合拢,"我认为你应该告诉她。"他声音低沉,言辞肃穆,"这里不是小孩子该待的地方。"

所以,我要告诉你,妈妈,海滩上的东西十分可怕,让我感觉很不舒服。好心的史密斯医生说你应该接我回家。求你了,求你了,我可以回家了吗?

永远爱你的
玛丽亚

艾米记事簿

一觉醒来,我就听到史密斯医生和我的丈夫正在大声争吵。

"男孩们!"我呻吟道,"我的头还突突的疼,你俩这样做是在帮倒忙。要么发明止疼药,要么闭嘴!"

"好吧。"史密斯医生说着,无精打采地挪到窗边。

我的丈夫来到床边坐下,"这个地方有点问题。"我心爱的人开口道。

"这里是麻风病人大本营。"史密斯医生说。

我立马从床上坐了起来。

"好吧,类似而已。"他补充道,"这里的大部分人都得了结核病。这是一种危险的疾病,完全致命。当然,在我们的时代虽然也很严重,但已经能够得到治愈。"

我的丈夫(一位训练有素的医护人员)插嘴道:"现在还不能叫'结核病'[1]吧?只能叫'肺痨'。"

---

1. 1839年被德国医生约翰·卢卡斯·舍恩来因首次命名。

"什么?"我惊讶地说,"那个让诗人们在沙发上步入死亡的罪魁祸首?"

"没错,"史密斯医生神情严峻地说,"可怕的慢性病。几个世纪以来,人们都将其误以为是吸血鬼作祟。你们知道的……"他在空中挥舞着胳膊,"病人像模特一样苍白、瘦削,而且眼睛通红,嘴边还挂着鲜血……不喜欢阳光……此外,如果你染上了这种病,你的家人都会避之不及。往好了说,他们可能认为这只是可怕的瘟疫,害怕被你传染了;要是你的家人不这么开明,他们可能会认为你在夜里吸了他们的血。"

"真不错。"我讽刺地说。

我的丈夫点点头,"眼下正是医生把病人们送到海边进行治疗的年代,是吗?"

"呃……"史密斯医生翻了翻手掌,做出意为"差不多"的手势,"时间提前了,早了一百年左右。等到维多利亚女王继位后,人们才会建立第一个正经的结核病疗养院。"

"等一下!"我说,"也就是说……这个地方要么比较特别……"

我把双腿甩到床边打算下地,可我的丈夫制止了我。

"要么就有问题。"他严肃地附和道。

"就是这样!"我激动地甩开他,摇摇晃晃地站了起来,"这正是我们热衷的事情,这也是我们活着的意义。"我颤抖着双腿走向史密斯医生,"这正是我们一直在做的事情,不是吗?"

史密斯医生转过身来看着我,温和的脸上流露出担忧的神色,"你确定吗?我……我很抱歉,但我不记得我们做了什么……"

"也不记得我们是怎么到这里来的。"我的丈夫叹了口气。

"以及……我们究竟是谁。"史密斯医生附和道,一屁股坐在了床边,"我一直有一种非常奇怪的感觉,觉得我们在进行时间旅行。"

这信息量倒是很大。

我双手叉腰,倚在墙上稳住自己。

"你们在说些什么?"我问。

我生命中的两个男人互相对视了一眼,然后一齐看着我。

最后,我的丈夫温和地开口道:"艾米……我们有麻烦了。"

布卢姆医生的日记

1783年12月5日

我就知道,那几个陌生人是灾星!

佩蒂塔告诉我,她在海滩上遇到了庞德先生,那会儿他正站在病人身边看着他们睡觉。

"有什么可以为你效劳的吗,先生?"她礼貌地问。

"不,不必。"他的回答真是粗鲁,"我正等着观看表演。"

"这里可没有什么表演。"她干脆利落地回应道,"只有病重的患者在接受治疗。"

"可我听说,"这个无赖说着,比画了一下四周的海滩和诡谲之海,"显然,这里会发生不同寻常的事情。"

佩蒂塔礼貌地笑了笑,"恐怕不会发生什么奇迹,先生。我们只是让病人们在这里呼吸干净新鲜的空气。不过,现在太阳快要落山了,差不多是时候带他们回诊所了。"她说完便忙着收拾起来,给一些病人裹紧毯子,时不时探一下他们额头的温度。她真体贴。

庞德先生继续唐突地发问:"可事情不止如此,对吧?"

佩蒂塔抚平毯子,抬头迎上了他无礼的目光,"先生?"

"我听说大海会对他们唱歌。"

佩蒂塔摇了摇头。

"我还听说,人影会从海里走出来和病人共舞。"

佩蒂塔勉强挤出一个笑容。这个无赖!

"我说错了吗?"

佩蒂塔指了指熟睡的病人,"正如你所见,先生,这里没人唱歌,也没人跳舞……我丈夫的患者病得太严重了,连动都不能动,也不允许被打扰。"她用无比坚定、严厉的语气继续说,"或许你愿意进屋去吗,先生?你才出了事,我可不希望你又病倒了。"

"你是在威胁我吗?"那个流氓说,简直像是在控诉她一样。

她对他的无礼置之一笑,"我恐怕不明白你的意思。"

"我相信你不明白。"庞德先生没好气地说。

"拜托了,先生,为了你的健康着想,请你快回去吧。我保证你没有错过任何事情……今晚海滩上不会有人跳舞。"

"只是这样吗?"庞德先生变得更无礼了,"那如果我邀请你来跳支舞呢?"

我的夫人直白坚决地拒绝了他的无礼要求,"我不会跳舞。"

庞德先生站了一会儿,看了看病人,又看向诡谲之海。这是个寒冷的夜晚，折叠躺椅的帆布像船帆一样被风吹动着。我的夫人同样站在原地，毫不让步，直到医护人员到来并把病人们接了回去。

然后，庞德先生转身准备离开。

我夫人的话让他停在原地，"你引起了我们的好奇，先生。"

"我相信确实如此。"庞德先生说完便转身离开了。

当佩蒂塔将这段对话转述给我时，我感到寒气刺骨。那三个人有什么猫腻，我看得出来。他们想干什么？打从一开始我就不该让他们在这里落脚！可是，科索夫让我确保和他们保持密切接触，因为诡谲之海对他们非常感兴趣。

我得对他们了解得更加深入才行！因此，我邀请了史密斯医生共进晚餐。

内维尔先生的来信

圣克里斯托弗

1783年12月5日

亲爱的奥塔维斯：

你好（其他问候语就此省略）。你这个老骗子，竟敢把我送到这个开给江湖医生的培训学校？太无耻了！我为你这庸医付的钱还不够多吗？你还不惜斥巨资、大费周章地把我打发到这个鬼地方，让那些外国佬拿我练手。他们的英语说得相当糟糕，而疯话倒是连篇。

你知道他们想怎么治疗我这可怜的肺吗？像冻冰糕一样冻住它！真的，我对天发誓！如果我同意接受治疗，他们就会把我扔到海边，让我躺在一张劣质的折叠躺椅上，只提供一条毯子和一本杂志。我得提醒你，现在可是十二月，我吸入的会是冰渣子！他们管这叫新鲜海洋空气疗法，我则称之为葬礼的附加服务。这里的设施简陋、破旧到了极点，难怪住在这里的一位俄国王储要躲在自己的房间里。我一点也不怪他。

就好像这一切还不够糟糕似的,我还得和疯子们共处一室。这里叫圣克里斯托弗?我看更像是圣玛利亚伯利恒[1]!有一个系着夸张的领结、满口胡话的疯子只会跑来跑去,说什么浓雾在和病人交谈之类的话。这里任由年轻女子随意走动,而提供的食物……老天!太恶心了。

原来,那个系着领结、眼睛瞪得大大的蠢货不仅是名医生(别惊讶,奥塔维斯,你们都是蠢货),而且还是我的英国同胞——这一点永远让我蒙羞。史密斯医生今早一看到我,就执意在对面落座,打断我享用小气的早餐(某种中空的油酥点心,一阵风就能把它吹走)。

他像傻子一样咧嘴笑着,显然准备要寒暄几句,看上去就像献殷勤的老姑娘一样紧张。

"什么事?"我问道。

"早上好。"这个无礼的男人紧张地舔了舔嘴唇,"你有没有……有没有去过海滩?"

"这完全取决于你问的是哪里。"我冷冷地打断他,"如果你指的是任何一处海滩,那么我承认自己去过不少;如果你指的是这扇窗外的那片海滩,那我只能遗憾地否认了。"

"很好。"眼前的男人说。

---

1. 英国伦敦的一所精神病院。

"你为什么问我这个？"我维持着冷漠的语调，听上去就像礼拜堂的座席一样冰冷。

"因为我觉得那里不安全。"史密斯医生小心地说。

"这是你的医嘱吗？"我问他，"非常赞同你的观点，我也觉得这里所谓的新鲜空气全是胡说八道。我的肺压根儿没有毛病，就算喝了一品脱的黑啤、再抽上一根有年头的陶土烟斗也不会击垮它。"

史密斯医生睁大了眼睛，和其他医生一个德行，只会建议病人吃变味的面包，喝点稀粥。"啊，好吧，我的意思是……海滩本身不安全……"他说，"不太……我觉得海滩不太寻常。"

"你得解释一下。"我要求道。

"很难解释清楚……有人……有人在那儿跳舞……"

"跳舞？"我翻了个白眼，"糟糕的风俗。"

"还有浓雾。"一瞬间，他变得无比严肃，"浓雾在与人交谈。"说这话的时候，他脸色发青，好像自己也意识到嘴巴里蹦出来的话有多疯狂。

"交谈？"

史密斯医生忧郁地点点头，"我知道这话听起来很可笑。"

"小子，你不觉得可能是跳舞的人在说话吗？"

"不，就是浓雾。"他的脸上愁云惨淡。如果他是我那儿的选民，我很乐意当场让人用马鞭抽他一顿。但是，考虑到他也是这家诊所的访客,我只是礼貌地请他把果酱递过来。他不情愿地照做了。

等重新安静下来后,我开始享用油酥点心。油酥皮太脆了,碎渣飞得到处都是。

"总之,呃……听我说,"史密斯医生继续说,"我敢肯定海滩上发生着什么事情,有些不太对劲。如果你还没有去过那里,请别靠近。"

我用令人瑟瑟发抖的眼神瞪着他,"我会好好考虑你的建议。祝你今天过得愉快,先生。"

他听懂我的意思,站起身来,又跑去祸害别人了。

几分钟后,诊所医生的夫人俯身在我旁边。她体态丰满,总是乐呵呵的,像酒吧女侍一样——即使一身简朴的行头,看着也还不错。

"早餐吃得还好吗,内维尔先生?"她没等我回答就继续说,"如果你已经安顿妥当,我建议你开始新鲜海洋空气疗法。我们在海滩上为你预留了一个舒适的位子……"

我坚定地举起一只手,"今天就不必了,夫人。我没兴趣。"

她柔软的手指落在我的袖口上,"或许,内维尔先生,你不妨试一次……"

"夫人!"我厉声道,"我唯一感兴趣的是一顿像样的餐食,你能提供吗?如果不能,我还是建议你把其他病人赶到你的宝贝海滩上去吧，我要留在这里幻想培根和鸡蛋。"

她终于匆匆离开了，我也得以享受一天余下的安宁。我像往常一样要来纸笔，给你写下了这封信。现在，我被叫去吃晚餐了，恐怕这顿饭也很难吃。

到目前为止，奥塔维斯，请注意我已经警告过你了——这里的治疗并没有达到预期，看来只是无聊透顶的骗局罢了。祝你晚安。

谨启。

亨利·内维尔

布卢姆医生的日记

1783年12月5日

发挥个人魅力!

摆出好脸色,缓和紧张情势!这一直是我的座右铭。总之,当下最重要的就是邀请可恶的史密斯医生共进晚餐。

我站在门口迎接他,全程笑容满面,"请进,史密斯医生,快请坐!"

"你好,布卢姆医生。"

"你好,史密斯医生。"

我们互相礼貌地鞠了一躬。我把自己的私人餐厅布置得很得体,小火堆在一旁噼啪作响,树枝不停地敲打着窗户——这是暴风雨来临的唯一迹象。史密斯医生停下脚步,正准备落座,又专程向玛丽亚行了个礼,后者正在我们脚边嬉闹。

"晚上好,小姐。"

玛丽亚咯咯地笑了。

我紧张地拍了拍头上这顶最好的假发（该死，上面的发卷总有些不服帖），"啊，玛丽亚是……呃，就像我们的小宠物。"我努力笑了几声，可听起来并不好笑。我该如何向他解释这个孩子的来历？

史密斯医生挑了挑眉毛，"小宠物？"他转向玛丽亚，压低了声音，"在我眼中，你可不像小宠物，玛丽亚。"

"我喜欢宠物。"玛丽亚骄傲地说，"在巴黎的家里，我养了两只小狗。"

"她母亲把可怜的玛丽亚留给我们了，"我急忙解释，"为了过冬，也为了她的健康考虑。"

玛丽亚郑重其事地点点头，"妈妈已经完全康复了。"

"明白了。"史密斯医生说着，用敏锐的目光看着我。

我点点头，一脸自豪地说："千真万确。你一定感到很惊讶吧？但事实就是如此。她母亲完全康复了，我的良方能够治愈肺痨！不过，我们可以开饭了吗？玛丽亚，我的小可爱，你可不可以……"

玛丽亚微微点了点头，把餐盘从餐具柜里取了出来。

史密斯医生转向我，一副好奇的模样。

"是这样的，玛丽亚喜欢为我们服务。"我赶忙解释，"对她来说，这就像一场游戏。她在这里能玩的游戏并不多。"

玛丽亚继续摆着盘，兴高采烈地放下重重的盘子和刀叉，不尽整齐。她小跑着来来回回，哼着没头没脑的小曲。"先生，这就像是给我的洋娃娃准备茶话会。"她一边解释，一边跟跟跄跄地端着汤碗，"就是东西重了点。"

史密斯医生冲过去帮她端起汤碗，砰的一声放在桌子上，把汤都洒了出来。玛丽亚竭力忍住笑，这该死的孩子。说实话，她过于卖力了，但史密斯医生似乎并不介意——他是在英国经常和孩子打交道呢，还是由于遇到了庞德夫妇而擅长和头脑简单的人打交道？

"做得太棒了，玛丽亚。"史密斯医生微微俯身，对她低声说。

玛丽亚踮起脚尖，在他耳边轻声说："别担心，先生，晚餐不是我做的。"

史密斯医生看上去相当失望，"哦，那太遗憾了。你会做什么呢？我有个朋友喜欢吃炸鱼条和蛋奶糊，你会做吗？"

玛丽亚严肃地摇了摇头，又做了个鬼脸。没错，史密斯医生刚刚证实了关于英国食物有多么可怕的传闻！

"不，不做那个，我猜并不一定符合每个人的口味。"史密斯医生承认道。他似乎能喋喋不休地说上好几个小时。

够了。老实说，今天一整天我都很煎熬，而且现在也饿了。我走到桌边，搓着双手，"天哪，多丰盛啊。"我说，"可惜我的夫人不能和我们一起用餐了，她有些不舒服。"

"或者可以和她改天再约？"

"嗯,一定。"我转向玛丽亚,想把她打发走,"做得好,亲爱的。如果你现在立马回到自己的房间,我就让护士给你念故事听,怎么样?"

玛丽亚一本正经地点了点头,然后转向史密斯医生,又轻轻地摇了摇头。

史密斯医生冲她眨了眨眼以示回应。他可真讨厌!

等她离开之后,我们两位医生终于可以共度愉快的夜晚了。多么不可思议啊,我思索着,我已经太久没有和希波克拉底[1]的学生坐在一起了。是时候炫耀一番我的非凡成就了,我决定把一切都告诉他——又能有什么害处?

然而,这个愚蠢的男人只想讨论该死的玛丽亚!"她是个阳光的孩子。"他对我微笑,等待我的回应。

我敷衍地点点头,"没错,她什么事都想参与进来。恐怕我们对她来说不是有趣的玩伴,可惜,我们必须等待……等她的家人把她领回家。"

"她怎么了?"史密斯医生问。

我耸了耸肩。看来他真的很好奇,那就随他吧!"她恢复得很好,先生,很不错。儿童病例总是很难诊断。"我自行倒了一杯葡萄酒,转而步入正题,"告诉我,史密斯医生,请畅所欲言,

---

1. 古希腊医生,被西方尊为"医学之父"。

你觉得我的诊所怎么样?"

"啊……"史密斯医生小心翼翼地抿了一口酒,"啊,好吧……"

我察觉到一丝不妙的迹象,他一定和那些瑞士蠢货一样心存疑虑,"你不认可?"

"不,不是。"史密斯医生急忙否认,"肺痨是一种可怕的疾病,考虑到你现在的做法,这家诊所很了不起。"他支支吾吾地说,好像有什么话说不出口,随后笑道,"真是用心良苦。"

我愣住了,满是食物的叉子正准备送入嘴中。他是个蠢货,但也需要别人的鼓励。我微笑着对他说:"展开说说?"

"好的。"史密斯医生有一点走神。

我看着他嚼完牛排吞了下去(我的这份有点硬,酱汁太浓了),然后遗憾地叹了口气。我猜他需要一点小小的提示,或许是因为撞坏的头还没有完全恢复。"噢!"我轻轻打了个嗝,而史密斯医生似乎根本没有注意,"是啊,对于这里的绝大多数病人来说,我们都无能为力,真的。他们患有肺部和肾脏的消耗性疾病,体质虚弱……我们能为他们做的事情十分有限……可是,即便如此……"我比画了一下周围,"我还是决定要努力做一些事情。在这个小地方,已经出现了很多起不可思议的治愈病例,堪称奇迹。"我搓了搓手,等他领会这些话时取了一点胡萝卜,"非凡无比。"

"没错。"史密斯医生说道,似乎被盘子上的柳树图案给迷住了。

他清了清嗓子,然后开口了。那些话令人震惊,就像是来自未来的人对我们这个时代的总结!我得把他说的全都记下来:他说,18世纪很不寻常,危险重重。就算在分娩中活了下来,又奇迹般克服种种困难长大成人,你仍然可能被数百种疾病杀死……而在不久之后,各种各样的常见疾病通过一小撮药片就可以治愈;他说,我们这个时代很少有人能够安享晚年。在他看来,人们还没开始注意卫生,没有学会如何净化纯净水。要是早出生一百年,或者晚出生一百年,我们都会比在这个时代活得更幸福。突然,他摇了摇头,朝我看了过来。

"不好意思,"他又清了清嗓子,"我扯远了,扯到十万八千里、十万八千年之外了。"

"没关系,没什么。"我挥了挥手,做出毫不在意的样子。不过,突然之间,我的心头涌上一阵令人生畏的寒意。我一边吃着土豆,一边暗自观察他,揣摩着他刚才说的话,如坠冰窟的忧虑仍然没有消失。我再一次意识到,为什么科索夫说我们海滩上的朋友会对史密斯医生颇感兴趣。

他背对着落地窗——当然了,一切都在我的精心安排之下——根本无从得知外面有什么东西。窗外,它正听着他说的每一句话。它正注视着他。

"说说吧,"他再次清了清嗓子,"海滩上到底在上演什么把戏?"

我差点一口气没喘上来。他仿佛看穿了我的心思,仿佛知道窗外有什么东西……可他是怎么做到的?我仔细打量着他的脸,而他只是凝视着我,眼睛睁得大大的,像只纯良无知的小狗。

"海滩?"我感觉口干舌燥,便痛饮了几大口。葡萄酒顺着我的下巴流下来,洒得到处都是。别紧张,布卢姆,你在他面前露出慌张了。史密斯医生一眨不眨地凝视着我,让人心烦意乱。突然,我发觉这番景象就像一条蛇死死盯着它的猎物一样。

"是的。"他重复道,"海滩。那么多病人坐在那里,真是不同寻常。"

"你看到了?"我咽了一下口水。这家伙直来直去的,让我警铃大作,他和庞德先生都去过海滩,真让人发愁。他们知道多少?

"没错。"他点点头,笑容灿烂,"今天我去溜达了一会儿,感觉真有意思。"

"病人们只是在接受新鲜海洋空气疗法罢了。"

"恐怕我不这么认为。"他到底看见了多少?

微弱的拍打声传了进来,别人只会把那当成树枝刮擦窗户的声音,但我知道并非如此。我透过落地窗往上看,明白那是什么意思——只要它给出信号,我就会结束这一切,把那个生物请进来,轻轻松松地解决史密斯医生。

我应该这么做吗?我已经变成这副嘴脸了吗?我舔了舔嘴唇,打算下定决心。

就在这时,门开了,我的夫人走了进来。她看起来如此健康动人、善良体贴。我猛地起身,"亲爱的,你没事了吗?"

在烛光下,我的夫人美得发光。她将长卷发紧紧束起,露出了姣好的面庞。她淡淡一笑,优雅地向史密斯医生打招呼。

史密斯医生吹了声口哨,"一朵鲜花插在了牛粪上。"他小声地说。

"什么?"我问。

史密斯医生面露尴尬,"夫人,我很高兴看到你已经恢复健康,可以加入我们了。"

"多谢关心。"我的夫人礼貌地握了握他的手,"晚上好,先生,真高兴看到我的丈夫有同行做伴。"她举起一只手,打住了我让她卧床休息的迫切请求,"不用,请别这样,我只是有些头疼而已。就算打了个喷嚏,约翰也要一刻不停地关心我,真受不了!"她温柔地对我笑了笑,"好了,我去给你俩拿一些奶酪来,再给壁炉添一点柴火。"她挥手谢绝了我们的帮助,"眼下这里的仆人很少,史密斯医生,所以冬天我们就自己动手,勉强度日。每个人对后勤服务都表示理解……"她顿了一下。

史密斯医生帮她把木柴堆在灼热的煤堆周围,"除了可怜的内维尔先生？"他笑着问。

佩蒂塔直起身子，拍了拍手上的灰尘，然后双手叉腰，"说对了！如果你的病人也这样抱怨个没完，你该怎么进行治疗呢？"

史密斯医生看着她，沉下脸来，"非常抱歉，"他难过地承认道，"你猜怎么着，我完全想不起自己的行医经历了。"

她同情地点点头，把奶酪放在了桌上。史密斯医生揪了几颗葡萄，旁若无人地将葡萄籽吐进火堆。

他一直想把话题引到海滩上，但佩蒂塔毫不费力地转移了他的注意力。她吐出的每一个字都在夸赞我的成就、这个神奇之地、纯净的空气、美妙的气候，以及看到希望渺茫的病人康复回家时由衷的喜悦。

终于，在喝完咖啡之后（还是不怎么好喝，必须要和厨师再谈一次了），史密斯医生站起身，向我和夫人道别，对共度这个愉快的夜晚表示感谢。然后他转过身，透过落地窗向外望去。没有任何迹象表明那里曾经有过什么东西。他又清了清嗓子，点点头，离开了。

等史密斯医生离席后，佩蒂塔转向我，"我看，"她笑了，"他不像是从诡谲之海来的，你觉得呢？"我俩都笑了起来。

史密斯医生思考簿

我是博士。

我在一个又大又黑的房间里。一只更黑的小盒子摆在中央,上面用粉笔写着"此面朝上""小心轻放""圣诞节前请勿打开"这几句话。现在还没到打开盒子的时候。

这个房间有一扇窗户。透过窗户,海滩上发生的所有事情尽收眼底。我看到了玛丽亚,她是一个重要角色,虽然她本人并不知情;我还看到,布卢姆医生自以为整个诊所都在他的掌控之下,但事实并非如此。幕后之人是他的夫人佩蒂塔·布卢姆吗?她美艳动人,衣着不凡。或者是艾尔奎缇妮姐妹,特别是一遍遍写下复杂数学方程式的那个安静的女士?谁才是这里真正的主人?海滩上到底发生了什么?艾米究竟怎么了?

这些都是棘手的问题,就好比在问美味的酸辣酱和果酱在做法上有什么区别一样。制作以上两种酱料时,你都需要将水果和糖混在一起熬制。所以,两者的区别在于食材,还是准备工作呢?你可以非常谨慎地指出,柑橘酱也是一种酸辣酱,可这样做会招来麻烦,或者陷入一个棘手的局面。

房间中央的盒子又黑又小,现在还没到打开的时候。

上好的酸橙可以用来制成柑橘酱。有趣的是,柑橘酱正是在这个时代发明出来的。传说有一天,玛丽·安托瓦内特[1]生病了,想吃一块美味的橘子蛋糕(她就是这么痴迷于蛋糕)。她的厨娘搅拌着冒泡的橘子混合物,一遍又一遍地重复道:"夫人病了。"[2]由于太过担忧,她把蛋糕搞砸了,却阴差阳错地发明了柑橘酱。好吧,故事就是这样来的。

这里有怪事正在发生。整个诊所就像是一个雪景球,不停地被人摇来摇去。这个地方是家医院吗?仅仅是病情有所好转,就意味着病人得到治愈了吗?答案取决于你看待问题的角度——果酱和酸辣酱、酸辣酱和果酱。

> 我认识一个老人叫作迈克尔·芬尼根,
>
> 他从瘦变胖,又从胖变瘦。
>
> 花完12条命之后,
>
> 他不得不重新开始。
>
> 可怜的老迈克尔·芬尼根,
>
> 又一次重新开始。[3]

---

1. 法国国王路易十六的妻子。
2. 原文为法文"Ma'am est malade",字词变形后和柑橘酱(marmalade)相同。
3. 一首英文儿歌。

玛丽亚的来信

圣克里斯托弗
1783年12月6日

亲爱的妈妈：

我有个好消息！今天，我的新朋友艾米感觉身体好多了，所以你不必担心我会感到孤零零的。早餐后我去看望她，发现她正坐在床上，脸上露出了狡黠的表情，让我想起家里那个总是偷茶匙的女仆。

"早上好，孩子。"她说，"我想问，你愿不愿意和我一起执行一项秘密任务？"

她要去捣蛋，我就知道！但我并不介意，因为艾米很有趣，而且永远不会做出伤害别人的事情。

"什么样的秘密任务？"我问道，希望不是上次艾洛丝跟马车夫私奔那样的事。

她的眼中闪现出激动的神色，"好吧，像这样的，"她说着，示意我坐到床上来，"史密斯医生——"

"我喜欢他。"我说。

"我也是,"她表示赞同,"非常喜欢。他很英俊,你也这么觉得吧?好吧,他想知道这里有没有……特殊病人?就是那种隐居在某处的超级贵宾,挺守规矩,也没什么危险,只是布卢姆医生不想让我们知道?"

我思索片刻,"不一定是布卢姆医生。"我回应道,"我觉得他并不关心你们知道多少,但布卢姆夫人……如果你出现在不该出现的地方,她会暴跳如雷的。"我顿了顿,"又或许她只是针对我。"

"快,玛丽亚!告诉我,"她说,"哪些地方是你不能去的?"

我低头盯着地板思索起来。我知道自己一定会告诉她的,只是不想看起来那么急切。"好吧,"最后我说,"鲍里斯王子的房间。"

艾米高兴地笑了,双手一拍,"鲍里斯王子?"

"他很英俊,"我叹了口气,"还是俄国人。"

艾米揉了揉我的头发,"一个帅气的俄国人,说不定还拥有一双杀手般冷酷致命的眼睛?放马过来吧!"她似乎很激动。

我有些疑惑,"我觉得他没杀过人。我的意思是,或许他杀过很多农民,但在俄国他们命如草芥。"

"呃……"艾米说。

"但他人很好,还带了巧克力。"

艾米倒回枕头上,面带微笑,"听上去像是完美人选。"

于是，我带艾米去见了鲍里斯王子。我在走廊上发现了一辆巴斯轮椅[1]，轻而易举地用轮椅把艾米推了过去。她说，这让她想起了在超级市场里推着手推车乱逛的画面。英国竟然有需要坐在轮椅里、被推着转来转去的商店！妈妈，我真想去逛一逛，虽然听说白玫瑰购物中心[2]比不上巴黎的熟食店，但显然塔斯克斯家族[3]的库存更丰富。

轮椅发出嘎吱嘎吱的响声，我俩都笑出了声，老实说，推着艾米到处跑对我来说并不费劲。她一直不满她的男孩们都在"到处闲逛"，并为之道歉。她做了个鬼脸，"说实话，等你长大了就会明白，让男人待着不动比把一群小猫聚在一起还要困难。"她一本正经地说。我发誓自己要记住这句话。

鲍里斯王子住在诊所西翼的一间条件优渥的套房内。通常，吓人的科索夫先生会把我赶走，但有时也会和我一起打牌。可今天他不见踪影，于是我直接上前敲了敲门。

"请进！"鲍里斯王子喊道。他说的是法语，而且说得非常流利。

艾米瞬间就被鲍里斯王子迷住了。他太有魅力了，对吧，妈妈？他正裹着毛皮大衣坐在床上看书，浑身上下都展现出俄国王

---

1. 英国人约翰·道森于1783年发明的轮椅，由两个大车轮和一个小车轮组成。
2. 位于英国利兹的购物中心。
3. 此处艾米其实说的是英国大型连锁超级市场乐购（Tesco）。

子应有的派头——英俊、高贵。他的长睡衣制作精良，长长的胡子也打理得干净整齐。

"你看起来就像雪人一样！"艾米惊叹道。

鲍里斯王子笑了，"请问你是谁？"

"艾米莉亚·庞德。"她说，"尊敬的殿下，请原谅我无法起身。玛丽亚，请向友善的王子行个礼。"

我行了屈膝礼，艾米满意地点点头，"她做得很好，对吧？"

鲍里斯王子严肃地点点头，"抱歉，请原谅我也同样无法起身，我已经被困在这张床上好几周了，很抱歉。"他叹了口气，把书扔到一边，"看不出来我曾经是个运动健将吧？"

"那你在这里干吗呢？"艾米问。苏格兰女人真直接，我暗忖道。

"在这里偷懒！"鲍里斯王子又笑了起来，笑声低沉悦耳，"哦，我和大家一样都日渐消瘦了！"从他的嗓音之下，你能听到极其微弱的咯咯声，"我的家人不想看到我这副样子，所以把我打发到这里来，免得碍眼。这点我倒是做得很出色。对我来说，来到这里也是一种解脱，既不用照看庄园，也不用对付农奴。我已经读了很多好书，但也确实想念舞会、狩猎，以及……"他顿了顿，殷勤地说，"有年轻漂亮的姑娘做伴，小姐。"

"叫我夫人，"艾米态度坚决地说，将轮椅往床边靠了一点，"我已经结婚了。"她温和地说。

"有什么区别吗?"鲍里斯王子笑了,胸腔中又传出轻微的回声,"我相信你,亲爱的。那么你呢?你待在这群半死不活的人当中做什么?"

她朝一侧点点头,"我们的马车在附近撞毁了,而且我受了伤,"她皱起眉头,"撞到了头。不过,一两天之内应该就能起身走动了。"

"这样啊。"鲍里斯王子彬彬有礼地回应道,"不久之后我就不能享受你的陪伴了,真是遗憾,我还想带你去骑马呢。"

"你现在还可以骑马?"

鲍里斯王子点点头,"很快就可以了,或许吧。当我还是个小孩的时候,我的仆人科索夫就开始教我骑马。从那时起,他一直陪在我的身边,甚至跟到了这个死气沉沉的地方。他说我的身体有所好转,你们信吗?就因为呼吸了海边的新鲜空气!真不知道他是怎么判断出来的。愿老天保佑这个家伙。在我睡觉的时候,他也会照看我。我本应该被他的忠诚打动,但感觉自己更像是养了一只忠实的猎犬。"

"有人真是铁石心肠啊。"艾米嘟囔道。

鲍里斯王子注意到我有点无聊,便对艾米说:"那么,你觉得我们的小宠物——人见人爱的玛丽亚——怎么样?"

艾米看着我,笑得像偷吃了糖果似的,"她是个心肝宝贝。如果我是她妈妈,我可不忍心把她一个人留在这里。"很抱歉,妈妈，但她就是这么说的！我觉得你把我丢在这里真的很残忍！

"确实。"鲍里斯王子表示同意（看吧，连王储也这么说！），"但她留下来是为了恢复健康，对吧，亲爱的？"

"我的身体好多了，谢谢关心，殿下。"我闷声闷气地嘟哝道。

"好了，好了，别这样，特别是在庞德夫人面前。就叫我鲍里斯吧。那么现在，我们应该做点什么才能逗你开心呢？"他咧开嘴，露出迷人的笑容。

于是，我们展开了一场"战车"比赛。艾米并不同意，但鲍里斯立马把她安顿在自己的床上，他和我则面对面坐在轮椅里。

"真不敢相信你们要这样做！"艾米抗议道。

"哪儿的话。"鲍里斯笑了，"适当的运动对我来说有利无害。"他抓紧车轮，"准备！"他大喊道。

"千万别让我赢了，鲍里斯。"我提醒他。

他一本正经地看着我，"亲爱的，我可是罗曼诺夫人，从小就被教育绝不容许别人取胜。"他转向艾米，按捺不住激动的心情，"现在，你能不能像桂妮薇儿王后[1]丢一块手帕那样宣布比赛开始？请让我为你取一块来。"

一分钟后，鲍里斯王子的刺绣丝绸手帕掉在了地板上。我们立即出发，绕着屋子转了一圈，然后冲入走廊。说实话，这个游

---

1. 亚瑟王的妻子，亚瑟执政期卡美洛王国的王后。

戏比我想象的还要困难,我感觉轮椅很难活动,转着轮子的双手也冻僵了。

鲍里斯王子遥遥领先,笑声洪亮,激得我用力加速转动起来。轮子越转越快,在坚硬的地板上咔嗒作响。就在我追上他的"战车",准备开始反超时,他气得大吼一声,抓住轮子猛地一转,轮椅唰地从我身旁驶过。"我可不会遵守规则!"他小声地说,眼睛因激动而闪着光。我听到艾米高喊了一句"犯规"。

我把他挤到一边,继续往前冲,转过走廊拐角后扬长而去。

直到往前冲了一百米,我才意识到事情不太对劲。

天哪,妈妈!他们能原谅我害死了鲍里斯王子吗?

永远爱你的
玛丽亚

艾米记事簿

鲍里斯王子连人带轮椅摔倒在地。这个穿得像熊一样滑稽的男人发出痛苦的呻吟,如同濒死的鱼一般大口喘气,一条腿不停地抽搐着。

我竭尽全力跑了过去,轻抚着他浓密的头发。他突然屏住呼吸,就像在把气憋回去,然后急忙低声说:"别让那孩子看到我这副样子。"接着,他痛苦不堪地咳嗽起来,咳得相当厉害,整个人都快散架了。

我站了起来,努力保持镇静,四处寻找玛丽亚的身影。

然而,我只看见一个红发巨人脸涨得通红,怒不可遏。"你做了什么?!"他怒吼道,带着浓重的俄国口音。

"我们只是在玩游戏。"我反驳道,听上去就像一个捣蛋的六岁小孩。

这个人毫不费力地把鲍里斯王子抱起来,回到他的套房里,砰的一声关上了门。轮椅倒在走廊上,其中一个旋转的轮子慢慢停了下来。我小心翼翼地把它扶正,然后将身子斜靠在上面。我感到浑身乏力，只好倚着墙休息。

伴着一阵令人难过的嘎吱声，玛丽亚的轮椅慢慢转到了拐角处。她的眼睛睁得大大的，"鲍里斯王子去哪儿了？发生了什么？"她问。

"他……呃……"我看了看房门，又看了看她。她回望着我，眼中流露出难以掩饰的担心。"他回去躺下休息了。"我说。

她盯着我，嘴唇开始颤抖，"我闯祸了吗？"她害怕地问道。

我摇了摇头，"没，没有，他只是太累了。你呢？也想午睡一会儿吗？"

玛丽亚凝视着我，眼睛一眨不眨，"你真不会撒谎。"

我正准备回应，鲍里斯王子的房门打开了。"快跑！"我低声说。她照办了。

一只巨大的手掌按住了我的肩膀，是那个陌生的大块头。他看起来一点也不开心。

"我想你应该进来。"他怒气冲冲地说。

内维尔先生的来信

圣克里斯托弗

1783年12月6日

亲爱的奥塔维斯:

你这个老骗子!

这个可怕的地方继续折磨着我,太难以忍受了。这里的负责人是消瘦的傻瓜和他的悍妇,食物糟糕透顶,治疗方法也很可笑,余下的病人则要多蠢有多蠢——你很可能正在祈祷我会像他们一样变得疯疯癫癫的。

有四个可怜虫整天都在演奏音乐,但这会儿只剩三个人,因为其中一个因身体不适而无法继续。谢天谢地。他们演奏的是不入流的德国庸俗音乐,主乐手是两个欧洲老姑娘——艾尔奎缇妮姐妹。

胖女士的英语差强人意,看起来稍显聪明,而瘦女士则脸色阴沉,只知道乱涂乱写一页又一页的数字——肯定是什么细目清单。

当然，不能落下那两位新来的英国访客。冒犯了瘦女士的是庞德先生，他径直从她写的那叠草稿中抽出了一张，动作相当无礼。

"不好意思。"他补上道歉，"不过说实在的，这些数字都很特别，令人惊讶！"

他的同伴——自称医生（很明显是假的）的那位——点点头，"我还在想你什么时候才会注意到。"他露出灿烂的笑容——当偷猎者把我的兔子装进背包满载而归的时候，他们也会露出这样的笑容。

"这些……这些是……"

这位史密斯医生又点点头，倾身向前，把草稿还给了那个沮丧的艾尔奎缇妮女士。"海伦娜，"他说，"你真是不可思议，你的成果远远领先于你的时代……真是了不起……"

"看起来像是计算机语言……"庞德先生嘟囔道，说着不知所云的话。

"没错，是的。"史密斯医生表示赞同，"这是逻辑门[1]，真迷人。海伦娜，要知道，像这样的杰作——"

胖女士奥丽维娅清了清嗓子，严肃地打断了这段无礼的问话，

---

1. 逻辑门是数字电路的基本构建块。大多数逻辑门有两个输入和一个输出。在任何给定时刻，每个终端处于两个二进制条件之一，低（0）或高（1），由不同的电压电平表示。

"先生们，如果你们是在跟我的妹妹搭话，那我必须说明白，她是不会开口的。我的妹妹从小就有数学天赋，但当我得病后，她就放弃了研究。后来，她自己也病倒了，一定是在照顾我的时候被传染了。现在，她每天只能研究短短几个小时，我觉得自己毁了她的人生。"她狠狠地怒视着他们，作为女人她很有个性，"所以，我们转向了音乐。音乐自带魔力，我相信你们也有同感。"

她向史密斯医生道了别，拉上她妹妹一起回房间了。我们都站起来同她们告别。一等她们走到听不见的地方，我就狠狠骂了那两个蠢货一顿。他们对女士如此无礼，会让外国人怎么想我们英国人？！糟糕的是，我可能骂得太用力，结果伤了自己。从那之后，我的呼吸就变得急促起来。现在看来，我的病情一定是加重了。

种种迹象表明确实如此！

谨启。

亨利·内维尔

布卢姆医生的日记

1783年12月6日

真是外行!

"很抱歉打搅你工作,"庞德先生大喊着,局促不安地捋了捋头发,"但我想,可怜的内维尔先生病情好像加重了。"

我只是瞪了他一眼。

我大步走向餐厅,庞德先生像只跟屁虫一样紧张地跟在我身后。事情是这样的,当时,他们正坐在一起安静地享用花草茶,突然,内维尔先生对他们一通怒吼,无疑又是一次情绪爆发,而导火索是……好吧,可能是任何事。据庞德先生说,内维尔先生为某件莫须有的事情大动肝火,不停地拍打着桌子。然后,整个人脸色发紫。

我看到史密斯医生正揪着那个男人的衬衫,内维尔先生不停地挣扎着,滑稽的假发滑了下来,露出和脸一样又紫又亮的大光头。他的嘴角涌出了一串串泡沫,但这并没有妨碍他一看到我就破口大骂。

我尽量无视咒骂声,检查起他的脉搏和体温。

史密斯医生嘟哝了一句测血压之类的话。为了不让内维尔先生咬断自己的舌头,史密斯医生的一根手指差点被他咬掉了。这画面可不怎么美好。

"该死的,先生,该死的!"内维尔先生尖叫道,口吐白沫,"我来这里是为了治病,而你却快要弄死我了!这到底是怎么回事?"

"冷静一点,先生。"我用专业的平稳语气安抚道,"请保持深呼吸,尽可能地吸气、呼气。因为你没有按照计划接受治疗,所以才会这样。"

"计划?我呸!坐在海滩上等着被冻死吗?英国的天气已经够糟糕了,不用再跑来国外遭罪了。"

"我向你保证,疗效相当惊人,你得相信我。"

"让一个外国庸医治疗我的身体?我倒不如相信肉店的伙计。"内维尔先生厌恶地吐了一口唾沫。我从专业的角度瞥了一眼那摊唾沫,想看看里面有没有带血。只有一点点血丝,目前还不算太糟。

我们扶内维尔先生在长榻上躺下,他的呼吸慢慢恢复了正常。他又想习惯性地叫一杯白兰地,但被我拒绝了。

我严厉地看着他,"内维尔先生,我的耐心已经耗尽了。这是我最后一次恳请你遵循医嘱，请和其他病人一样接受治疗。"

"绝不！"他抗议道，把假发扶回原位，像个坏掉的风箱一样喘不上气，"我只是脾气暴躁，仅此而已。"

我摇摇头，"这可不是坏脾气造成的，先生，你心里很清楚。很遗憾，但你必须面对事实，你病得很严重。"

"我要听听其他意见！"他大声咆哮道。

史密斯医生故意清了清嗓子。我压下向他怒视的冲动，摆出相当友好的职业微笑，考虑了可能出现的各种情况。"史密斯医生你怎么看？"我问道。

"我很荣幸提供另外的意见。"他拘谨地说。就冲这句话，真想在他的头上狠狠地敲一下，但我最后只是点了点头。

"洗耳恭听。"我强迫自己笑了笑。

史密斯医生没有回话，而是等内维尔先生把注意力都放到他身上后才说："很遗憾，内维尔先生，我赞同布卢姆医生的看法，你病得非常严重。"

内维尔先生顿时泄了气，瘫坐在长榻上，"行吧，行吧。"他喘着气说，眼睛滴溜溜乱转。

我感激地对史密斯医生点了点头，接着刚才的话温和地说："正如我刚才所说，我的耐心非常有限。如果你不想尝试新鲜海洋空气疗法，那我另作安排就是了。请于今晚八点到我的书房来一下。倘若你没有现身，我就只能忍痛请你离开我的诊所了。听明白了吗？"

没等他答复，我就原地转身，径直离开了。这些英国人！真是太差劲了！

当我把事情的经过告诉佩蒂塔后，她还是一如既往地支持我。"你做得很对，约翰。"她热情地说，"对付粗鲁的人只能采取粗暴的办法。"

我点点头，"我知道，我知道，只是这个办法不如以往那般巧妙。"

她轻抚我的脸颊，"他会对治疗结果心满意足的。内维尔先生在英国可是个大人物，回去之后一定会大肆宣扬你的丰功伟绩，然后，会有更多的大人物来到这里。"她面带微笑，温柔地轻触我的鼻头，"而你会把他们全部治好的，我了不起的丈夫。"

我将她的手握在手心，微笑地注视着那双无限柔情的眼眸。

"没错，"我应声道，"我会把他们全部治好的。"

要准备的工作可不少，但在八点之前，一切都已经安排妥当。

内维尔先生没有敲门就闯进了我的书房，立马看到了打开的落地窗。"这里冻得要死。"他抱怨道，"史密斯那个家伙想要跟我过来，他不希望我单独行动，去他的，那个混蛋一定是想逮个机会让我付钱！我可不会纵容他。所以，你就不能做点什么挡住这股该死的冷风吗？"他竖起肥硕的大拇指对着打开的窗户，玻璃窗在晚风中轻轻晃动。

我热切地期待着接下来要发生的事情，于是拒绝了他，"我觉得没必要。"

"见鬼！"他像一只气鼓鼓的癞蛤蟆一样抱怨道，"和我的保姆一个样。小时候，当我晚上睡觉时，她总是让窗户大开着，差点要了我的命，从那以后我就再也经受不住严寒。我不想浪费时间在你的宝贝海滩上盖着毯子瑟瑟发抖，直说吧，你给了我希望，但到目前为止我只见到寡淡的清汤和廉价的肉块。"

我点点头，将窗帘拉开了一点，露出了外面的那个生物。它就悬在那里，等待着他。

内维尔先生惊恐地看着它飘浮起来，慢慢涌入屋内。

"什么……那是什么？"他尖叫起来。

"先生，那是……"我冷静地说，"你的治疗方案。"

然后，那个生物吞没了他。

玛丽亚的来信

圣克里斯托弗
1783年12月6日

亲爱的妈妈：

最可怕、最糟糕的事情发生了！求求你接我回去！天哪，求你了。

我一直在找庞德先生或者史密斯医生，想告诉他们艾米的情况。我找到了庞德先生，他站在布卢姆医生书房外面的走廊上，正在赏花。

"玛丽亚，你好啊，衣服很漂亮。"他说着，递给我一枝花。我留意到他穿得非常得体。

"啊，谢谢你。"我一边说，一边思索他今天怎么这么有礼貌，"你在这里做什么？"

"我在散步。"他想了一下才回应道，"没错，单纯只是散步。听起来合理吗？我觉得听起来挺合理的。"

我摇着头笑道："先生，你到底在做什么？"

他把双手插进裤兜,"我在静候某件事发生,慢慢来,心急吃不了热豆腐。这是属于我们之间的小秘密。"他停了下来,像是说了什么蠢话似的吐了吐舌头,"言归正传,"他变得一脸严肃,"我听见附近有什么动静,还有窸窸窣窣的声音,是你弄的吗?"

我又摇了摇头。

"老天,"他说,"好吧,听声音应该比老鼠大得多。所以……那是什么东西呢?它去哪里了?"

我正要鼓起勇气告诉他艾米和鲍里斯王子的事情,突然,布卢姆医生的书房里传出一声尖叫。庞德先生想拉住我,但我已经冲进了书房,不顾一切地想要阻止任何伤害……

我打着滑停了下来……我看到……天哪,妈妈,我没法描述它,但我知道自己曾经见过那个生物。太可怕了,它充斥了整个房间。我不停地尖叫着,直到庞德先生冲了进来。

他只是晚了几秒,但一切已经恢复了正常。内维尔先生坐在椅子上,艰难地喘着粗气;布卢姆医生站在壁炉边,怒火中烧;而我在他盛怒的凝视下瑟瑟发抖。

"发生了什么事?"庞德先生问。

布卢姆医生发出一阵爽朗的笑声,将手搭上我的肩膀,"只不过是这个可怜的孩子受了点惊吓。"

"它就在这里,吓死人了!"我抗议道,眼泪突然流了下来。哦,真丢脸,妈妈,但我就是控制不住。

庞德先生跪了下来，直直地望进我的眼睛。他语气急切，但声音非常温柔："玛丽亚，这里有什么？你看到了什么？"

"我说不出来！"我尖叫着哭了出来。我真的，真的说不出口。

庞德先生起身环视一圈屋子，将目光落在了那两个男人身上，"你们看到了吗？这里有什么？我们都听到了尖叫声。"

内维尔先生只顾着呼哧呼哧地喘气，摇了摇头。

我能看出布卢姆医生还处于盛怒之中，便害怕得又哭了起来。

我抬头看着庞德先生，迫切地想告诉他自己到底看到了什么，但就是说不出口。

和我的反应截然相反，他看着我，眼神是那么平静温柔。他嗅了嗅空气，"这地方闻起来有点意思。"然后自言自语般念叨着什么曲速传送线圈。

可怕的布卢姆夫人突然冒了出来，像家庭女教师一样粗鲁地拽着我的胳膊，把我带回了房间。她用毛巾拭去我脸上的泪水，但擦得很用力，连皮都快擦掉了。"好了，玛丽亚。"她冷冰冰地说，"我们不喜欢打小报告的人，也不喜欢说谎的人。你知道吧？"

"可我看到它了！我真的看到了！"我辩解道。

她又用冰冷的毛巾使劲擦了擦，"你看到了什么，孩子？那里什么都没有！"

我不服气地站在那儿，一句话也没说，只是用你每次面对裁缝的送账单时那种眼神盯着她。

077

布卢姆夫人双手叉腰,"非常好,玛丽亚,看来已经没法和你讲道理了。"她叹了口气,仿佛因为感到委屈而恼火。自从她不许你带我回家那时起,我就一直不喜欢她。

"哦,可怜的孩子。"她说,"我们该拿你怎么办?"她噘起嘴,有那么一瞬间看上去真的很难过。

"让我回家!"我大叫道,"求你了,让我回家吧。我想见到妈妈!"

布卢姆夫人摇摇头,微笑着将头发捋顺,对着镜子检查妆容,然后对我露出狡黠的笑容,看起来一点也不友善,"不,玛丽亚,我觉得不行。"

撂下这句话之后,她就离开了,还锁上了门。天哪,妈妈,她永远不会让我回家了!我再也见不到你了,也见不到小狗了(可以叫它们路易和安托瓦内特吗?)。

我哭了一会儿,然后准备睡觉,难过地盯着枕头。突然,有人轻轻地敲了敲窗户。你猜是谁?是史密斯医生!

"你好,玛丽亚!"他漫不经心地说。

"可是先生!你是怎么爬上来的?窗台这么窄,离地面又那么高。"

他做了个鬼脸,"你这么一说我才意识到。或许,好心的你可以让我进来吗?"

我赶紧跑到窗边,打开了窗户。他翻进来,摔在了地毯上。

"非常感谢。"他说着,拍掉了膝上的石屑和灰尘。

"你是来找我的吗?"我问。

他摇摇头,"不,那样做太不得体了,我是想找到我的病人艾米。你见到她了吗?"

我面露羞愧,用手轻轻拍了拍发烫的脸颊,"先生,太抱歉了,我完全忘记了!我本想告诉庞德先生,可后来被其他事情分了神。那件事有点复杂,是这样的,我在楼下看到了很恐怖的一幕……我说不出来,但他们对内维尔先生做了很恐怖的事情。"

"他们对他做了什么?"

"我说不出来。"我急切地说,"但拜托了,先生,我要说的这件事更重要!我和艾米一起拜访了王子,我觉得那个食人魔抓住了她。"

"食人魔?"他眨了眨眼,"你可以放慢节奏复述一遍吗?"

我尽可能详细地描述了鲍里斯王子和他可怕的男仆科索夫,以及那一场"战车"比赛。我还讲了两遍。

最后,史密斯医生站了起来。

"谢谢你,玛丽亚。你真的很勇敢。"

我骄傲地脸红了。

"不过……我觉得……你的处境很危险。像你这样的女孩儿不应该遇到这么多危险,无论你有多勇敢。"

"没事的,先生。"我说,史密斯医生让我感觉很温暖,他一直都这么温柔,"一切都会好起来的。"

他又摇摇头,"不,不见得。"他把双手插进口袋,"艾米不见了,神秘的病人受人看管,其他病人遭受袭击,你无法回家,而海滩上也不对劲……不,这些迹象都表明,有些事情非比寻常。"

他非常严肃地望着我,"好了,玛丽亚,请仔仔细细地听我说:一旦你陷入危险,我要你声嘶力竭地喊出一个词,我只要听到就会马上赶来。好吗?"

我郑重其事地点了点头。

"很好。现在,我得去救艾米了。但在我离开之前,你要向我保证会保护好自己。"他笑了笑,但看起来并不开心,"玛丽亚,我要告诉你我真正的名字,非常秘密,你只能在陷入危险的时候喊这个名字。我可以信任你吗?"

"可以,我发誓。"

于是,妈妈,史密斯医生把他的秘密名字告诉了我。我很想告诉你,可既然答应过他,我就应该信守承诺。

永远爱你的
玛丽亚

布卢姆医生的日记

1783年12月6日

可恶的小屁孩！可恶的玛丽亚！

要是她母亲没有……好吧，当初真不应该……对于她的所作所为，我已经忍耐了很久，但不会再纵容她了，哪怕一分一秒也不行，绝对不行。我得坚决制止她。

佩蒂塔非常理解我，"你说得对，我们必须对玛丽亚做点什么了。"

"她差点把傻瓜内维尔那档子事儿全毁了。"我觉得自己有必要向她解释一下。

"还好最后没出什么岔子。"她安慰道。

她为我倒了杯茶，我感激地呷了一小口。我的佩蒂塔泡得一手好茶。

"别担心，你没法治好所有人。假如这样的话……"她的脸上露出美丽动人、通情达理的笑容，"今晚我们就搞定那个孩子，我们一起处理。"

我走到窗边。天已经黑了,科索夫正向海滩走去。"天哪,"我叹了口气,"真不知道他会对它们说些什么。"

佩蒂塔不以为然地咂了咂嘴,"无非就是如实告知。没关系,亲爱的,没什么大不了的,它们非常通情达理。"

她总能安抚到我。话说回来,我很开心我们要搞定那个讨厌的孩子了。

艾米记事簿

毫无疑问，我和鲍里斯王子被他的仆人锁在了套房里。换作是我，早就把他开除了。

英俊的王子虽然恭敬有礼地向我道了歉，但对此事表现得过于镇静，让我很不喜欢。等他不再咳嗽之后，我递过去一杯水，却被他拒绝了。"让我……平复……一下……呼吸……"他恳求道。

我考虑过从窗户爬出去，但这儿距离地面太高了，所以，这办法不可行。

"现在只有你和我待在这里，尊敬的殿下。"我嘟囔道，"你不会恰巧有四子棋[1]吧？"

我毫不在意地接受了眼下的状况，好像自己早已习惯被人关起来一样。我绞尽脑汁地回忆着，我之前的生活到底什么样？为什么我什么都想不起来了？

"什么是四子棋？"鲍里斯王子问。问得好，我发现自己也

---

[1]. 一种益智的棋类游戏，玩家中的任何一方先令自己的四枚棋子在横、竖或斜方向连成一条直线，即可获胜。

不记得这是什么了。于是,我采用"庞德分心术"的第三招,立马换了个话题。

"你感觉怎么样?"

鲍里斯王子稍微坐起身来,"我已经不怎么咳了。科索夫真伟大,要知道,如果没有来到这里,如果没有他照顾我……我原来的医生几乎不抱希望,认为我只剩几个月了!本来,我活不过明年春天,可是现在,看看我的状态!"他得意地拍了拍胸膛,结果被微弱的咳嗽破坏了氛围,"新鲜空气的疗效真是不可思议,是吧?"

"是吗?"我不怎么相信。他本已到了垂死的边缘,但如今却能下地活动。关于睡美人的故事说得没错——在这位王子的身上一定发生了什么。

等我回过神来,鲍里斯王子已经用萨莫瓦茶壶[1]泡好了一壶茶,又恢复了老样子。"不用大惊小怪,庞德夫人。"他说,"我已经好多了,咳嗽不怎么严重了,你真的不必担心。有些事情值得我们好好对待,喝茶就是其中之一。"他递给我一套做工精良的茶杯和茶托,"喝了它,然后给我讲讲你的故事。"他露出了迷人的微笑。

于是,我告诉了他,当然,前提是我还记得的话。我越说越

---

1. 黄铜制俄国传统茶具。

惶恐，因为意识到我对自己知之甚少。

窗外寒风阵阵，海浪拍打着礁石，远处的树木在风中摇曳。现在的氛围仿佛回到了小时候，在一个暴风雨的夜晚，你拼命祈祷别人千万别提起鬼故事。我坐在鲍里斯王子的床边，喝着热气腾腾的甜茶，和他四目相望。他非常友善，全神贯注地听我讲话，连打哈欠也不失礼节。不过，他的眼中闪烁着一种古怪的神色。在其愉快慵懒的外表之下，他似乎正专注地盘算着什么，宛如一台蓄着胡子的电脑。

我把自己知道的全都告诉了他——关于我和我的男孩们的故事——尽管听上去好像是胡言乱语。很多都想不起来了，我只记得我们四处旅行，做了很多不可思议的事情，其他一些不愉快或者不对劲的事情也记不清了。我好像还告诉他自己非常喜欢史密斯医生——在这个时代说这种话，恐怕要被惩处吧。

"可怜的艾米。"等我说完后，他感叹道，"看来你的头撞得不轻。"

我点点头，抱怨道："我到底怎么回事？"

时间继续流逝，呼啸的寒风吹得窗户嘎吱作响。我们一边聊天，一边喝着茶。虽然没有四子棋，但鲍里斯王子找到了一盘西洋跳棋。事实证明，如果没有从小学起，西洋跳棋真的难以掌握。我一次又一次被他打败，输得体无完肤。

"嘿！"我抱怨道，"就不能让我赢一次吗？展示出你的骑士风度。"

鲍里斯王子大笑着说："我说过，我们罗曼诺夫人——"

"好吧，好吧，你们绝不输给别人。你的夫人可真可怜。"

他耸耸肩，"庞德夫人，我们被关在了一起。管他什么丈夫或夫人！"

我一下子担忧起来。如果我的丈夫突然闯进来，会不会恰巧看见我被一位兴奋的俄国王储追得满屋跑？然而，鲍里斯王子的心思却在别的地方。他的床头摆放着一只镶有宝石的精致旅行钟，他看了看时间。"科索夫去哪儿了？"他抱怨道，"他迟到了。"

"殿下需要有人拍一拍枕头吗？"我问。说实话，我可不急着再看到那位脾气暴躁的大块头。

鲍里斯王子摇摇头，"不，不用……不是这件事。"

暴风雨还在窗外肆虐。情况有些不太对劲。

我向窗外望去，透过淌着雨珠的玻璃窗，看到一个像是玛丽亚的女孩儿正走向海滩。我拼命捶打着窗户，但她听不到我的声音。

鲍里斯王子翻箱倒柜地找着纸牌。突然，他停了下来，倒回床上。

"你还好吗？"我问。他的脸色很古怪，面无血色。

"他平时不会离开这么久……"鲍里斯王子摇着头痛苦地说，好像喘不上气，"快去找科索夫……我需要他……"

我扶他躺回枕头上。他再也不如之前那般欢快，"我太虚弱了……拜托你……"他嘟哝道，意识变得越来越模糊。接着，他惊恐地盯着我，"你是谁？"他低声说，"你在我的房间里做什么？"

紧接着，他又咳嗽起来。

我跑到门边狠狠地砸着门，想要呼唤医生，呼唤我的丈夫，呼唤科索夫。

可是，没有人赶过来。

玛丽亚的来信

圣克里斯托弗

1783年12月6日

亲爱的妈妈：

我知道自己答应过你不再去海滩上，可我就是忍不住。在发生了这么多事之后，我很想去看看那里发生了什么。

幽魂坐在海滩上哼哼唧唧，喃喃自语。暴风雨还在肆虐，但他们根本不为所动。当我蹑手蹑脚地靠近时，心都快提到了嗓子眼儿，可这些人还是没有任何反应，如同冻僵了似的一动不动。我害怕极了，踮着脚尖悄悄离开，然后遇到了庞德先生。

"你好，玛丽亚。"他温柔地说，"你需要帮助吗？"

"你怎么躲在礁石后面？"我说。

"呃，没错。"庞德先生不好意思地承认道，"这里还可以躲一个人。"他拍了拍身旁冰冷的沙子以示邀请。

于是，我在他身边躲了起来。"我们为什么要藏起来？"我问。

"你会对这件事守口如瓶吗？"

突然之间，妈妈，每个人都向我透露了他们的秘密！我深感自豪。我无比严肃地告诉他自己会保密的，而且史密斯医生也把他的秘密告诉了我。庞德先生看起来似乎不大高兴。

"他说了什么？"他酸溜溜地问。

"啊，先生，"我笑道，"我可没那么容易上当！"

他没说话。我冲他吐了吐舌头。

他本想装作没看见，但还是面带微笑地指向海滩，"玛丽亚，我藏起来是因为有些事不太对劲。"

"明白了。"我郑重其事地说，"你发现了什么，先生？"

庞德先生眼神闪烁，"哦，玛丽亚，我甚至不知道自己该不该开口。一切都太不对劲了：艾米病了，我仿佛变了一个人，这家诊所出现的时间大约早了一百年，病人们在寒冬腊月还坐在下雨的海滩上……"他顿了顿，语气像极了史密斯医生，接着他的脸沉了下来，"哦，还有，你的身后站着一个非常高的大块头。"

我转过身，看见科索夫正低头俯视着我们。我立即吓得尖叫起来。

庞德先生握住我的手，轻轻捏了捏，"好了，不要害怕。"他低声安抚道。然后，他挺直身子对那个大块头说："晚上好，我叫庞德。"

科索夫只是哼了一声。

"俄国人？"庞德先生笑了，"有意思。"

科索夫走过来把脸凑近，咧嘴一笑。不知为什么，他的笑容看起来很别扭。

"曲速传送线圈。"庞德先生说，然后拼命甩了甩头，"抱歉，我不明白自己为什么一直在重复这个词。我想说的是，你走起路来不太对劲。"

科索夫停住了。

"呃，不是姿势问题，而是你的脚距地面有半英寸。"

我盯着科索夫，他像鬼魂一样飘浮在半空中。我尖叫起来。

科索夫低头看了看自己的脚，又将视线移回庞德先生身上。

"你露馅了，哈哈。"庞德先生大叫道，紧紧握住我的手，"快跑！"

我们飞奔起来。天哪，妈妈，太刺激了！好吧，要是没有科索夫在后面追着跑——或者说追着飘——就好了。他就像鬼魂、噩梦或者其他恐怖的东西一样，一直阴魂不散地跟在我们身后。

不知为何，和庞德先生在一起让我感觉非常安全。尽管眼下的情形十分恐怖，但他给了我足够的安全感。

我们一路狂奔到海边，科索夫在后面穷追不舍。有一瞬间，我们好像甩掉他了，紧接着，我脚下一绊，松开庞德先生的手，一个人困在了浓雾中。我四处张望庞德先生的身影，但雾实在太浓了！太浓了！

我呼唤着庞德先生的名字，可以听到他也在呼唤我，但突然之间，科索夫出现在了我的面前，想要抓住我。他的脸冷若冰霜。

我尖叫着跑开，身体往后一仰。

一瞬间，我身处海水之中。

"玛丽亚！"庞德先生大喊道，"别靠近大海！别踏进海水！"

"可是先生！"我喊了回去，溅起阵阵水花，"海水很浅！你在哪里？"

他没有回应。我在浓雾中蹚过海水，心快跳出了嗓子眼儿。

有什么东西抓住了我的脚。

一开始，我以为那只是冰冷的海浪。后来，我被拽倒了，一头扎进刺骨的海水中。

那股力量越来越强，拉着我沉入水中。

我呛了一大口冰冷的海水，海浪没过我的头将我往下拽。不对，是其他什么东西在拽我下去。

我的左臂也被抓住了，整个身体被冒泡的急流冲来冲去。我拼命向上挣扎，又不停地被拽回大海深处。

终于，我挣扎着浮出水面呼喊求救，却被呛得咳嗽起来，感觉喉咙和眼睛火辣辣的。这一幕让我感觉莫名熟悉，怎么会这样？

浓雾渐渐散去，海滩隐约显现出来。我努力靠向岸边，但那个东西仍然把我往下拽，令人动弹不得。

海滩上，幽魂仍坐在躺椅上。我一遍又一遍地向他们求救，可他们无动于衷，只是继续唱着歌。

我冷极了,也害怕极了。

是时候召唤史密斯医生了吗?可他又能如何帮我呢?我想喊出他的秘密名字,却发现自己发不出任何声音,海水仍然灼烧着我的喉咙。

浓雾再次将我包围,海里的那个东西也把我牢牢拽住。当海浪没过头顶时,我闭上双眼,感觉自己无法呼吸……

然后,一只温暖而真实的手抓住了我。

"放她走!"那个声音说。

我睁开双眼,惊喜地发现那是庞德先生。他一脸严肃,紧紧握住我的手腕,把我往上拉。

在我们周围,大海如同沸水一般剧烈翻滚着,奇怪的亮光在水中流动。一瞬间,海浪退了回去,露出湿漉漉的海滩边缘。

庞德先生紧紧搂着我,他的领带和我的头发缠在了一起。

"没事了,玛丽亚。"他说,"我们走吧。"

我们在浅水中艰难前行,终于到达了岸边。

科索夫交叉双臂,在海滩上等着我们。

"你好,又见面了。"庞德先生叹了口气。

科索夫点点头,"你应该让诡谲之海得到她。"

"想都别想。"庞德先生坚定地说。

妈妈,你还记得巨人歌利亚和大卫的故事吗?科索夫个头高大,面露凶相,相比之下庞德先生则个头矮小,一脸坚定,就像小狗在迎战巨狼一样。他毫不退缩，看上去好像要大干一场。

接着，科索夫张开嘴巴，浓雾从他的嘴里涌了出来。

"天哪，这可不妙。"庞德先生倒吸一口冷气。他握住我的手，我们又狂奔起来。

诊所就在前方的悬崖顶上。我们爬得上气不接下气，早已筋疲力尽。刚才在海水中泡了那么久，我们的皮肤变得皱巴巴的，衣服也都湿透了。

可即便如此，庞德先生仍然拼尽全力地拉着我，沿着石头小径一直往上爬，因为我知道，像傀儡一样的科索夫仍在步步逼近。

诊所的灯光看起来那么温暖亲切，却又那么遥不可及。

庞德先生把我往前一推，"去吧，玛丽亚。"他说，脸上流露出悲伤而坚定的表情，"我会解决……好吧，不管那是什么，我都会解决的。找到艾米，别停下来。"

我看着他转身直面科索夫，后者正顺着陡峭的小径飘上来。

"啊，晚上好。很高兴见到你……"

科索夫用双臂环抱住庞德先生，举着他转身来到悬崖边缘。

"我警告你，"庞德先生大口喘着气，双腿在半空中踢来踢去，"我可是练过的……啊！"

科索夫松开双臂，庞德先生就这样消失在了我的视野里。

科索夫又转了回来，我尖叫着朝诊所冲去。

我失魂落魄地一边跑一边喊，不知怎的跑到了门口。我使劲关上身后的大门，靠在门上大口喘气。大厅里一片漆黑，透过结霜的玻璃窗，我甚至能看到科索夫的影子。我吓坏了，全然无法思考如何将这个大块头关在门外。

突然，一只手搭在了我的肩上。我抬头一看，倒吸了一口冷气。布卢姆夫人面无表情地盯着我，心不在焉地将头发捋顺。她露出微笑，那只手捏得更紧了。

"晚上好，玛丽亚。我们一直在担心你。"

永远爱你的
玛丽亚

内维尔先生的来信

圣克里斯托弗
1783年12月6日

亲爱的奥塔维斯：

令人惊讶的是，治疗竟然起作用了！

我不清楚到底是怎么回事，但感觉自己好多了，真是不可思议！我几乎能跑着上楼（先别告诉别人），还可以大口大口地吐出烟圈，这一切之前想都不敢想。

真是神迹！虽然我对治疗过程只有模糊的印象，但听我说，明天我会和其他病人一起下到海边，进一步接受新鲜海洋空气疗法。

我信步走进休息室，不自觉地吹起活泼轻快的小曲。那对死气沉沉的艾尔奎缇妮姐妹——海伦娜和奥丽维娅——正坐在那里，拉着哀伤的小调。看到我走近，她们便将手中的乐器放到了一边。海伦娜立马开始涂写她那该死的方程式，而奥丽维娅则礼貌地和我攀谈起来。

"你看上去好多了，内维尔先生。"奥丽维娅小心翼翼地说。

"谢谢你，女士，你太客气了。你看上去怎么依旧面色苍白？"奇怪的是，和奥丽维娅聊天时，我感觉自己莫名有些羞涩。

她毫不犹豫地回答说："我已经很久没有接受任何治疗了。"

"哦，"我低下了头，"很抱歉听到这样不幸的消息，请原谅我，女士。"

她的回答有点出乎我的意料。如果你和一位女士聊天，结果她说自己早已半身没入黄土，你该怎么回答呢？我仔细打量着她，想找出一丝濒临死亡的迹象，却意外发现奥丽维娅身材姣好，皮肤白皙。

海伦娜从潦草的草稿中抬起头，皱起了眉头。她的脸比以往任何时候都要憔悴。

"我的妹妹，"奥丽维娅尴尬地说，"还在接受治疗，但出于某些原因……考虑到我的病情……我不再接受布卢姆医生的治疗。"她咳嗽起来，我第一次隐隐听到了咯咯声，"不过，他是个好人。"她停顿片刻，"没错，非常好心……"

一想到刚才的行为，我瞬间觉得自己是个混蛋。我温柔地将一只手搭在她的手上，"亲爱的，"我有些羞愧地说，"我很抱歉。"

"谢谢。"奥丽维娅说。

有那么一瞬，我察觉出一丝情愫暗含其中。真是奇怪的女人。

在烛光的照耀下,她不再显得臃肿可怕,而更显丰满动人。我突然意识到,自己仍然握着她的手,便立马松开手,尴尬地看向别处。

我们就这样静静地坐了一会儿,只听见笔尖在纸上刮擦的声音。

若之后有任何好转,我会继续写信告知。

你心情愉悦的朋友

亨利·内维尔

艾米记事簿

鲍里斯王子的房门突然打开,我们得救了!

"有人在呼叫医生吗?"史密斯医生踉踉跄跄地冲进来,大声地说,"抱歉我来晚了,撞开一扇上锁的房门比想象中难多了。"他皱了皱眉,夸张地扫视一圈房间,随后把目光落在了我的身上,两眼放光,"你好,艾米!老天,见到你可真高兴。"他立马给了我一个拥抱,"天哪,你真好闻。"

我本可以吻上去,但还是微微往后一退,"注意点,冒失鬼!"我解释道,"我可是有夫之妇。"

"真的吗?"史密斯医生眨了眨眼,忽然有些困惑。他注视着我,直直地望进我的眼睛,直到令我感觉有点不自在,"哦,是的,我想你说得没错。"

"她总是这么说。"鲍里斯王子在床上嘟哝道。

"你算说对了。"史密斯医生打了个哈欠,用手比画出张嘴闭嘴的动作,"要是你喜欢弱不禁风的类型,他倒是个不错的选择。"他做了个鬼脸——真是粗鲁——然后转向鲍里斯王子,"你好！你是哪位？"

鲍里斯王子抬起头，做了自我介绍。

好极了，我心想，等你们交上朋友，就会开始大肆调侃我挑选男人的品位，真是好极了。

我用胳膊肘捅了捅史密斯医生，暗示他看看鲍里斯王子的情况。

"你能帮帮他吗？"我问，"他病得很重。"

"真的吗？"史密斯医生立马来了兴趣，热心地凑上去检查他的瞳孔，"嗯嗯。"

他停顿了一下，似乎准备给出令人失望的答案。

他在口袋里摸来摸去，然后找了个东西压住鲍里斯王子的舌头，"说'啊——'"

"啊——"鲍里斯王子说着，对我眨了眨眼。

"好了。"史密斯医生说，"真奇怪。"他把那玩意儿从鲍里斯王子的嘴里拿出来，在空中甩了甩，"老天，这不是压舌板，那它是什么？"

我盯着那个东西，它看上去就像是切斯顿冒险世界[1]售卖的廉价纪念钢笔。我清了清嗓子，"那是音速起子。"

"啊，"史密斯医生吃了一惊，"好吧。真的吗？天哪！"

---

1. 英国南部最大的主题公园之一。

他顿了顿,"它是干吗用的?"

"呃……它可以用音速……来拧东西。如有必要,我们还会用它来对付怪物。"

"怪物?"史密斯医生郑重地点点头,仔细端详着它,仿佛自己是第一次看到似的。接着,他像举起手枪一样握住音速起子,把一头对准房门,发出"咻!咻!咻!"的声音。然后,他转过头来对我说:"像这样用吗?"

"你拿反了。"我温和地说。

"哼!"史密斯医生一屁股坐到鲍里斯王子的床边,紧挨着我,"幸好,我不需要用音速什么的玩意儿来告诉你这个好消息——鲍里斯王子,你已经痊愈了。"

"太好了,先生。"鲍里斯王子露出了迷人的微笑。

史密斯医生的脸沉了下来,"可怜的艾米还没法下地,我的脑子就像一团糨糊,但是,哦嚯,你的结核病却被治好了。不好意思,说早了,四十年之后人们才这么叫,应该是你的肺痨已经被治好了。就在我的眼皮底下,你竟然不可思议地好转了。这不太对劲。"

"不对劲吗,先生?"鲍里斯王子笑道,微微移开了一点目光。

"怎么回事?"我质问道,感觉鲍里斯王子有所隐瞒。

"我不知道是怎么回事……不过,如果我正在好转……那就说明科索夫快来了。"鲍里斯王子看上去有些不安。

"那是谁?"史密斯医生问。

"一个大块头,看起来挺吓人的,脾气还很暴躁!"我解释道。

"哦,我见过他了。"史密斯医生大手一挥,转向鲍里斯王子,"你是说,当他靠近你的时候,你就会有所好转吗?嗯嗯……"

外面传来一阵声响。布卢姆医生出现在门口,科索夫则站在他身边。"晚上好,史密斯医生、庞德夫人。我看到我的房门被人撞坏了。"布卢姆医生低声说,嗓音柔和无比,"好了,我们都不希望鲍里斯王子过于疲劳吧?迷人的魅力就是这么费神。恐怕我们得让可怜的鲍里斯王子休息了。"

"没必要。"史密斯医生突然打断道,"他很好,非常健康!以我的名誉发誓……显然,他的康复和你有关系,科索夫先生。"他跳下床,踮起脚尖,想要平视科索夫的眼睛,结果只能对上后者的下巴,"为什么会这样?科索夫先生,你能解释一下吗?"

"不,他不能。"布卢姆医生耸耸肩,"我度过了漫长的一天,还有很多工作要做,史密斯医生。请跟我来,走吧。"他把我们叫到了门口。

鲍里斯王子掀开被子,坐起身来,摆出一副贵族派头,立即成为全场的焦点。"我不同意,布卢姆医生。"他说,"这些人受到我的保护。"他看起来比平常更清醒,"你要对他们做什么?"

布卢姆医生疲倦地叹了口气,"科索夫。"他命令道。

大块头男仆只是微微转身瞥了王子一眼,后者就像断了线的木偶一般倒回床上,可怜巴巴地眨着眼睛。

布卢姆医生将双手插进口袋,转过来盯着我们,"史密斯医生、庞德夫人,我觉得你们都还没有完全恢复,具体症状有待观察。"然后,他从口袋里掏出一块有怪味儿的破布。我之所以闻得出味道,是因为他立马用破布捂住了我的口鼻,闻起来像是混合了刚割好的青草、打了蜡的地板以及廉价的须后水的气味。

醒来的时候已是晚上,我发现自己被绑在轮椅里,坐在海滩上。

不远处摆放了很多空着的折叠躺椅,上面的帆布被寒风吹动着。我听见从海上传来一阵歌声,就像是有人在一遍又一遍地反复吟唱,但一句歌词也没有,只有旋律。浓雾在我周围弥漫开来,海浪不断冲刷着海岸。这里天寒地冻,我害怕极了。

我试着扭动身体,又试着站起来,但越挣扎就感觉身上的绳子勒得越紧。我记得有一次全家人去海边度假,老爸想搭一个折叠躺椅,结果搞得一团糟。老妈说,他没被夹掉一根手指就算幸运的了。此刻,我感受到了一种与之相似的无助感。

想象一下这一幕:在一个寒冷的夜晚,艾米·庞德被浓雾包裹着坐在海滩上……发光的浓雾飘来飘去,尖锐刺耳的歌声——如同歌剧演员想要震碎玻璃一般的高音——在礁石间回荡。我害怕极了,迫切地渴望博士能够赶来救我。此刻,我是多么需要他啊!

　　在离大海不远的地方,在那片绿荧荧的浓雾中,隐约现出了一个人影。那是一个男人的身影,正从海浪中走出来,向我靠近……

布卢姆医生的日记

1783年12月6日

老天，老天，我的老天！

天哪，多么糟糕的一天！还好，一切最终都妥善解决了。

天大的好消息是，科索夫告诉我，他已经解决了庞德先生。同时，我们也确保他的夫人安全地待在海滩上，也就是说，很快就可以从她那里得知我们想要的一切。然后，她就再也不会给我们添麻烦了。

现在，只剩下玛丽亚和史密斯医生。

佩蒂塔已经把他们绑在了我的书房里——她绑绳结从未失手。此刻，她正站在我的椅子后面，双手轻轻地搭在我的肩上，"喝茶吗，亲爱的？"她问，一如既往地关心我。

小女孩睁开眼睛，环视四周，然后哭了起来。

"听着，玛丽亚，亲爱的。"我用管教孩子的恰当口吻安慰道，"别担心，别害怕，我们只是想把你治好。你还记得那个治疗方法吗？"

小女孩点点头，依旧一边盯着我，一边哭着想找妈妈。

佩蒂塔立马来到她身边，用手帕擦掉眼泪，让她不要哭了，"没什么可担心的，孩子，没事的。"她熟练地安慰道。

很快，玛丽亚只是啜泣着看向我，"你们要对我做什么？"她难过地问。这孩子真直接，好吧，不会耽误很久。

"什么也不用担心。一切马上就会好起来了，我向你保证。"

她坐在椅子上扭动身体，转过去看史密斯医生。那个男人仍然不省人事。

"哦，他可帮不了你。"我迷人的夫人语气坚定地说。

这个没教养的淘气鬼一口咬在她的胳膊上。佩蒂塔猛地退后，举起另一只手扇了她一巴掌。我赶紧跑向佩蒂塔，看到她没有受伤，顿时松了口气。

我怒视着玛丽亚，"我们已经忍你很久了，小丫头，你心里清楚。现在，我们的忍耐到此为止。"

我打了个响指，落地窗砰的一声打开了。窗户豁然敞开，大到足以让等候在外面的那个生物飘进来。

玛丽亚尖叫起来。

"哦，没错，你现在想起来了，是吗？"我厉声说，看着它向她涌去，"相信我，它对你的怒火丝毫不亚于我。你是个非常淘气的女孩儿，不听从命令，让人难以控制。现在，我们要让你乖乖就范。"

那个生物在她的椅子前面停了下来,赫然高耸,发出令人不堪忍受的噪音。

玛丽亚哭着向我求饶,但我不屑一顾,不予理睬。

佩蒂塔捏了捏我的肩膀,"你做得对,亲爱的。"她肯定道,"就得硬下心肠,这是最好的解决方法。"她总是那么善解人意。

"永别了,玛丽亚。"我冷笑道,感到心满意足,"你已经没有利用价值,是时候同化你了。"

那个生物居高临下地看着她……该怎么描述这一刻的景象呢?它介于烟雾和搏动的肉块之间,既像黏土一样潮湿冰冷,又像熔岩一样炽热活跃。它与周围格格不入,挤在长沙发和壁炉之间,看起来荒诞而壮观。除此之外,它将解决我的头号麻烦。

突然,它停住了——似乎是在嗅空气——感受着即将品尝到的大餐的气味。我记得科索夫头一次提到那三个陌生人时,说其中一个人拥有浩瀚的知识和强大的力量,而那些正是诡谲之海能够真正用得上的东西。当时,科索夫流露出了从未有过的激动神色。现在,我将向诡谲之海献上它们心心念念的东西。它们已经有了庞德先生和庞德夫人,而我将要献上史密斯医生。

那个生物颤动起来,蓄势待发。我玩味着这一刻,随即下达了命令。它立刻开始往下降。

玛丽亚不再抽泣,而是抬头盯着它,沉着冷静地开了口,令我很是震惊。"史密斯医生……"她坚强地抽了抽鼻子,"史密斯医生告诉我,一旦我陷入危险,一旦到了真正需要他的时候,我就可以喊出他的秘密名字。他说这个名字拥有不可思议的力量,可以用它来打败你。"

"别开玩笑了,孩子。"我大笑起来,"区区一个名字可救不了你。"

"可以,真的可以!"她激动得开始胡言乱语,"因为史密斯医生是这个世界上最不可思议的人,我只需要一个秘密名字就够了。"

"够了!"我大叫道,"同化她!"

玛丽亚盯着那个生物尖叫起来,喊出了一个词——

"罗瑞!"

史密斯医生思考簿

我是博士。

我在一个又大又黑的房间里。一只更黑的小盒子摆在中央,上面用粉笔写着"此面朝上""小心轻放""圣诞节前请勿打开"这几句话。

现在到了打开盒子的时候。

于是,我打开了盒子。

哦。

原来,我根本不是博士。

一切重新开始。

玛丽亚的来信

圣克里斯托弗

1783年12月6日

亲爱的妈妈：

成功了！我喊出史密斯医生的秘密名字，他一下子就醒了过来，惊慌得如坐针毡。他看见悬在我头上的那个生物，立马大叫起来，将后背紧紧贴在椅背上。虽然他不如我期待的那般勇敢，但我能理解他。那个生物看起来惊悚骇人，闻起来相当恶心。与此同时，它正在向我们慢慢逼近。

"罗瑞！"我又喊了一次，"你的名字是罗瑞！"

他猛地转过头来盯着我，"什么？"他舔了舔嘴唇，"没错，是的……"他眨了眨眼，"这就说得通了。"他若无其事地点点头，无视眼前的怪物，看向布卢姆医生，"对，说得没错。我的名字是罗瑞·威廉姆斯。"

布卢姆医生和他的夫人只是看着他。

"抱歉，我听不懂你在说什么。"布卢姆医生说。他的语气有些变化，流露出一丝不安。

"我也不懂自己在说什么。"自称罗瑞的男人解释道，"但我不是史密斯医生。你以为自己成功了，可你抓错了人。"他大笑起来，但很快变成了咳嗽。

"什么？！"布卢姆医生喊了出来。真奇怪，妈妈，明明大家连一根手指头都没动，房间里的一切却发生了天翻地覆的变化。

史密斯医生——好吧，应该是罗瑞·威廉姆斯先生——注视着布卢姆医生，发自内心地露出微笑。你还记得那个打破东西却拒不承认的女仆吗？罗瑞此刻就是那副表情——即使被牢牢地绑在椅子上，仍然一副胜券在握的模样。罗瑞就是我的英雄。

"你中了安慰奖，谢谢参与。"他拿布卢姆医生开涮道，"真正的史密斯医生还在外面行动，而且已经拿回了属于他自己的记忆。我只是个无名小卒，抱歉。"尽管被五花大绑在椅子上，他还是设法耸了耸肩，看起来很是熟练，"说实在的，我不知道自己为什么要一直假扮他，不过我绝对不是他。我只是那个简简单单、普普通通的罗瑞，住在利德沃斯——一个迷人的英国小镇，镇上有一家邮局和一片鸭塘。"他贴心地补充道，面带微笑，显然对自己很是满意。

当他再次注意到那个生物时，脸上的笑容消失了。他眯起眼睛，"如果我的话纯属多余，那非常抱歉。但是，布卢姆医生，你是个无礼的家伙，竟然把我和一个小女孩绑在一起。还有，那个生物真的会吃了我们吗?"他皱起鼻子对我说,"我本应该早已习惯这种事,可我还是做不到。"他看起来与之前有所不同了,妈妈,不再那么奇怪,不再像讨厌的学校老师,反而变得友善、有趣,甚至还有点迷人。他朝那个庞然大物耸起一侧肩膀,向我使了个眼色,"玛丽亚,别害怕,博士很可能下一秒就会从那扇门冲进来。"

"博士?"布卢姆医生质问道,"你口中的博士又是谁?"

"啊,"罗瑞一下子来了兴致,"就是真正的史密斯医生,比我高一点,性子更古怪,喜欢横冲直撞,到处搞破坏。他总会在最后关头救我们一命。"他清了清嗓子,大声地重复了一遍,"最后关头。"他的目光扫向门口,有那么一瞬间,他看上去满怀希望。

"他是不是打着一个领结?"我问道,突然害怕起来。

"没错。"他说,"看起来傻乎乎的,对吧?你为什么这么问?"

"我想……他可能已经丧命了。"我说。

"说得没错。"布卢姆医生像醉鬼一样大笑起来,"科索夫已经把他从悬崖上扔下去了。"

"啊!"罗瑞似乎瞬间被击垮了。我为他感到难过,但也失望透顶——我已经喊出了秘密名字,但似乎什么也没改变。

他沉默了一会儿,然后抬起头来,"艾米在哪里?"他的语气听上去既担忧，又充满戒心，还十分生气。

布卢姆医生倚在书桌上，"她在海滩上。"他最终说出了实情。

"哦，"罗瑞陷入了思考，"这可不妙。"他听上去非常生气。

"相当不妙。"布卢姆医生赞同地点点头，"所以你瞧，先生，你根本毫无胜算，不是吗？"

永远爱你的

玛丽亚

艾米记事簿

天太冷了,我待在海滩上,缩在轮椅里注视着大步向我走来的人影,依稀听到从海上传来的歌声。

那个人影逆着汹涌的海水在海浪中穿行,一瞬间又从我的视线中消失了。发光的雾气升腾起来,好像冷冰冰的浓汤一样令人窒息。我尽可能屏住呼吸,以防吸入过多的浓雾。忽然,我意识到,其实是浓雾在浅唱低吟,仿佛在呼唤我的名字:"艾米,艾米,艾米,艾米……"一遍又一遍地重复着。

我看不清自己的双脚,只能看到浓雾散发着奇异的绿色光芒。我从未感到如此孤独,顿时想念我的丈夫和博士……我太想念我的男孩们了。

这时,有什么东西把我的思绪搅动起来,脑袋里顿时充斥着如火车进站前沿着铁轨传来的那种嗡嗡声。重要的事情即将发生,一切将变得豁然开朗。

我孤身一人,什么也看不见,只能听到啪嗒啪嗒的脚步声。惊慌之下,我紧紧抓住巴斯轮椅,鬼使神差地打开了轮椅闸,不顾一切地转动轮子想要离开这里，可轮子全都陷在了沙子里。不过，在挣扎之中，我身上的绳子变松了。如果弄翻轮椅，或许我就能重获自由。

听见脚步声逐渐逼近，我开始前后晃动轮椅，时刻担心会有一只手从浓雾中伸出来把我抓住。结果，我从轮椅里飞了出去，一头栽在地上。

我想要站起来，但不管怎么尝试，双腿还是虚弱无力，无法支撑我的身体。我只好手脚并用在潮湿的海滩上爬行，不知道自己该往哪个方向前进。

然后，我抬头看见了他。随着浓雾渐渐消散，他宛如英雄一般站在不远处的一块突起的礁石上。绝对是他，不管身在何处，我都能认出他的身影。

噢！

我感觉头一阵刺痛，就像是被人用橡皮筋弹了耳朵。我的大脑突然开始运转起来，如同打开了记忆之盒，遗忘的信息像拼图一样重新组合在一起。等记起上次在海滩上发生的事情后，我这才意识到，一切都乱套了。

我认出了站在上面的那个人——他是博士。

我如释重负地向他爬去，一遍又一遍地大声呼喊他的名字。他对我来说太重要了，我的博士……

他朝我转过身来。突然，在他身后，有什么东西冲出浓雾，拉着他一起卷入了大海。我尖叫起来，拼命想要站起身，但无济于事。我蜷缩在海滩上，徒劳地捶打着沙子，感觉自己孤独而无助。

当我停下来时，我听见脚步声越来越近。

啪嗒！啪嗒！

那个可怕的东西刚刚杀死博士，现在又准备向我袭来。

我发疯似的向大海爬去，呼喊着博士的名字——说不定他逃过一劫，仍待在附近。海浪在我周围翻涌，刺骨的海水漫过我的四肢，拉扯着我的衣服。脚步声仍然在一点一点逼近。

我不知道接下来该做些什么，只好试着努力站起来，结果立刻倒了下去。就在倒地的瞬间，一只像钢铁一样冰冷的手抓住我，紧紧握住了我的手腕。我疼得叫了出来，抬头看到一个男人在浓雾中俯视着我。

他看起来像是博士，但我知道……他绝对不是。紧接着，当他用死气沉沉的单调嗓音和我说话时，我对此更加确信无疑。

"艾米·庞德，"他小心翼翼地开口道，仿佛是第一次说出这个名字，"为了你，我回来了……"

玛丽亚的来信

圣克里斯托弗

1783年12月6日

亲爱的妈妈：

事情变得一塌糊涂，糟糕极了。我从未感到如此失望。我一直幻想我的英雄会像童话故事里的王子一样前来拯救自己，结果，我仍然被绑在椅子上。罗瑞和我想象中的大相径庭——他人很好，但一点儿也没有英雄色彩。此刻，我们头顶上那团奇怪的云——我不知道该怎样描述那个可怕的生物——开始慢慢朝我们涌来。

"快想想办法。"我小声对他说。

"无计可施啊。"罗瑞说着，耸了耸肩。

布卢姆医生饶有兴致地看着我们，他的夫人则慢条斯理地走来走去，顺手把书房收拾得干干净净。我从来都不喜欢她，妈妈，你现在知道原因了吧？她一边将布卢姆医生的钢笔摆放整齐，一边发着牢骚，好像我们被那个生物吃掉打扰到她似的。

"钢笔。"罗瑞嘟哝了一句。

"先生？"

"你够得到我左边的口袋吗？"他问。

我设法坐在椅子上转过身，伸手从罗瑞的口袋里拿出一根像钢笔一样的装置。

"很好。"罗瑞对我使了个眼色，"现在……用它对着那个生物。不，好像要换一头。"

我不知道它是干什么用的——希望不是一支手枪——但知道应该用哪一端对准。装置的一端装有漂亮的小灯，或许能用来分散大家的注意力。然而，这个装置发出了一种可怕的声音，吓得我尖叫起来。我们头顶的那个生物也被吓到了，连连后退。

"干得漂亮，玛丽亚！"罗瑞盖过刺耳的噪音高声说。

"你们在干什么？"布卢姆医生倒吸一口冷气，跑向他的夫人。此刻，布卢姆夫人疼得直不起腰。虽然我不知道自己做了什么，但似乎也伤到了她。太好了。

罗瑞吃力地站了起来，椅子仍然绑在他的身上。他俯下身子，费力地解开我的绳子，然后转向布卢姆医生，"我们得逃跑了，"他说，"再会。"他就这样背着椅子和我一起逃了出去。

妈妈，我收回先前说的话，罗瑞就是我的英雄！

永远爱你的

玛丽亚

布卢姆医生的日记

1783年12月6日

天哪,圣彼得在上!这真是一场灾难!

那个陌生人和玛丽亚一起逃走了,而我却眼睁睁地看着他们离开。"别跑!停下!"我大叫着跑到门口,"停下!给我站住!"

然后,我发现走廊上早已空无一人,感觉自己像个傻瓜一样。

我心爱的佩蒂塔刚一恢复,就立刻来到我身边安慰道:"我已经寻求帮助了,"她说,"他们跑不远的。"

我看着她,"你确定吗?"

她点点头,"我要去发布指令了。"

她嗖地一甩裙摆,离开了房间。

现在,只剩我一个人和那个生物待在一起。它耐心地候在那里,等待下一步指令。我疲惫地叹了口气,把它打发回诡谲之海中。

佩蒂塔返回书房,等它离去之后关上了落地窗。她整理了一下头发,停顿片刻才转向我,脸上流露出同情的神色,"别担心,亲爱的,一切尽在掌控之中。快去睡吧,明天一切都会好起来的。"

会的,我相信她的话,一切都会好起来的。

1783年12月7日

新的一天!光辉灿烂的一天!

好吧,只是说说而已。外面仍然天寒地冻,屋子里则冷得要命。脸盆里的水都要结冰了,地毯踩上去也十分阴冷。虽然女仆在我的卧室里生了火,但热量全都聚在壁炉里,几乎没有散发出来。

佩蒂塔梳妆完毕,神色激动地说:"来吧,亲爱的,快来看。"小的时候,每当母亲告诉我屋外下雪时,脸上就是这副表情。虽然现在没有下雪,但景色也同样宜人。

我站在窗边,看着病人们被推到海滩上。他们一动不动,全都安安静静地坐在颠簸的轮椅里,忠贞不贰的侍者则陪在他们身边。

佩蒂塔捏了捏我的手,"你看。"她轻声说。

然后,我看到了艾米·庞德。那个红头发的年轻女人瘫坐在轮椅里,双目无神地望着前方,而她身边的侍者——一脸冷峻、面无表情的男人——就是博士。不过,他不是真正的博士,而是来自诡谲之海的替身,为了获取艾米的信息而创造出来。现在,她已经在诡谲之海的掌控之下。

"多么美好的一天！"我露出发自内心的笑容。

"是啊。"佩蒂塔表示赞同，将我的手贴上她的柔唇，"亲爱的！他正带她去海滩上，很快我们就会知道关于那几个陌生人的一切了。"

我离开书房，远远地跟在病人们身后，小心翼翼地保持距离，强忍住兴奋的心情。我感受着脚下潮湿的沙子，看着自己留下的一连串脚印，内心无比激动。我还记得自己第一次来到海滩上时，诡谲之海透过浓雾召唤我，读取了我的全部想法，带给我想要的一切。从那以后，它们开始对我的病人施展魔力——他们来到海边，离开时便有所好转。我总是谨慎地与之保持距离，不知道它们是如何治疗的，只知道疗效显著。诡谲之海任他们予取予求，作为回报，它们则读取病人的全部思想。

它们曾经找过庞德夫人，但以失败告终，于是又召唤科索夫将他们带到了我这里。这三位陌生人的身上藏着许多秘密——他们是怎么来到这里的？他们到底是什么人？我对此一无所知，而诡谲之海也没有告诉我。

它们迫切地想要再试一次，而如今机会来了。它们并不在意那个叫作罗瑞的男人，真正的博士也已下落不明——说不定被卷进了渔网之中——但是艾米·庞德就不一样了。

诡谲之海曾短暂地进入过她的脑海，发现博士是她生命中最重要的人。因此，它们创造了一个替身。只要他们在一起的时间足够久，替身就会和真正的博士日趋相同。此刻，他正推着她去海边，将一只手轻轻地搭在她的肩上，竭尽所能地读取她的思想。

艾米坐在轮椅里轻轻点头，将那双美丽的眼睛睁得大大的，聆听着诡谲之海的呼唤："忘记吧，忘记吧，忘记吧……"海浪堆叠着一次又一次拍上海岸。在这个灰蒙蒙的早晨，她火红的头发被映衬得愈发鲜艳。她的皮肤十分苍白，就像刚洗过的床单一样。海边或许很冷，但当诡谲之海读取她的思想时，她便感受不到了。

浓雾从海上升起，沿着海岸线翻涌而来，散发出微弱的绿光，仿佛有成千上万支蜡烛的烛光在里面摇曳。

博士的替身站在艾米身后，将手搭在她的肩上，温柔却不失力度，让她无法挣脱。很快，关于她的一切都将属于我们。

艾米忘事簿

塔迪斯坠毁在一片海滩上。我们从蓝盒子里摔了出来,头晕眼花。

我和罗瑞还在庆幸自己一息尚存,博士却开始四处蹦跶,如同小狗追逐皮球一般激动。他将音速起子举在身前,照亮了黑夜。

"我们到了!"他压低声音说,然后又重复了一遍以测试回声,"这里是蓝色海岸,真是度假的好地方,不过这会儿是⋯⋯18世纪80年代的十二月上旬,正巧处在法国大革命[1]的历史拐点,或许不是晒日光浴或者读约翰·格雷森姆[2]小说的最佳时机。不过,谁知道呢?请自便吧!塔迪斯的某只箱子里有很多沙滩浴巾,还有⋯⋯哎哟!"

博士猛地停下来,一动不动地站在原地。我们赶紧追了上去。

塔迪斯大敞着门侧倒在海滩上,微弱的光线从里面洒了出来。虽然它是这副惨状,但我们却没有受什么重伤。

---
1. 1789年7月14日在法国爆发。
2. 约翰·格雷森姆(1955-),美国知名畅销小说作家。

"这里是波罗的海。"我一边说,一边和罗瑞挤在一起取暖,"冷死人了。"罗瑞揉着擦伤的手肘。

然后,我才意识到博士停了下来,"你还好吗,博士?"

"哎哟,抱歉。"博士原地转身,面向我们说,"哎哟!有什么东西——感觉像是微小的思维探针——正在我的大脑里搅来搅去,读取我的思想,真讨厌!我绝不允许它这么做!"博士挥舞着手,"出去,都给我出去!"他咧嘴一笑,拍了拍额头说,"对了,我可以开启思维屏障,但是……哦……来不及了。"他把音速起子扔给罗瑞,后者恰好接住了,"把音速起子设置成照明模式,试试能不能看清周围。我现在动不了了,因为……哎哟!"博士瑟缩了一下,"如果这次又是你在捣鬼,达伦·布朗[1],那就赶紧现身吧。"

"是你大脑里的那个东西把我们引过来的吗?"罗瑞一边问,一边用音速起子照亮海滩。这里只有沙子、礁石、浓雾,以及远处的大海。

"也许吧。"博士皱着眉说,"时空区附近出了点乱子,还是外星技术,塔迪斯这个老姑娘根本没办法抗拒……天哪!"

"曲速传送线圈。"罗瑞说。

博士拉下了脸,"猜到你会这样说。讨厌的思维探针还在我

---

1. 达伦·布朗(1971-),英国魔术师,擅长心灵魔术。

的大脑里戳来戳去，已经读取了一点思想。"他猛地和罗瑞碰了碰额头，转移了部分记忆，"抱歉，我不得不这样做……好了，我现在知道你是真的不喜欢吃鲱鱼干了。没人喜欢吃，如果能安慰到你的话。"他的脸皱缩起来，"停下！立刻停下！我是博士，我可以帮助你，只要你……停止……"

"只要你停止读取我的思想。"罗瑞说，"出去！内有恶犬！"

"罗瑞？"我一把抓住他说，"你没事吧？"

"有危险。"罗瑞转向我，脸上的表情十分奇怪，"艾米·庞德。"他的声音很不对劲，"大事不妙，快跑！"

"我不会丢下你们的，"我坚持道，"无论哪一个。"

"快回塔迪斯，求你了……"罗瑞哀求道。与此同时，博士的手猛地一动，也指向塔迪斯，"就现在，快进去，离开这里！我正在想办法，可它不太像思维探针，倒更像是食物料理机。"

"滋滋滋！"博士模仿料理机的声音说，然后跪了下来，双脚踢着沙子。

罗瑞的脸扭曲起来，他声音颤抖地说："他说得没错，艾米。我不知道发生了什么，但我的头真的很疼。求你了，快进去，我爱你……滋滋滋！"话音刚落，罗瑞便倒了下来，抽搐着双腿。

我赶紧跑了起来。

我很抱歉自己抛下了他们，但我不知道还能做些什么。

我以最快的速度奔向塔迪斯，心想里面或许有什么东西可以帮上忙。在我周围,浓雾散发出奇异的光芒,想要读取我的思想。我继续狂奔,看见塔迪斯就在不远处,门依然敞开着。别停下来,我对自己说,别让它得逞,快回塔迪斯想办法,拯救罗瑞,拯救博士。

可是,塔迪斯的门砰的一声关上,把我困在了外面。海滩上顿时一片漆黑,只有发光的浓雾正在步步逼近。

我的脑袋里突然出现了一个声音,一个只可能是博士的声音。"抱歉,艾米。"他低声说。然后,我感觉双腿失去了力气。

我倒在海滩上,和博士、罗瑞躺在一起。

浓雾向我们席卷而来,然后,我的大脑停止了运转。

艾米记事簿

我的大脑重新启动了。

"快看。"博士在我耳畔低语。

透过浓雾,无数人影从大海中走了出来。我不清楚他们是如何做到的,但感觉不像是从水下冒出来的。他们一起大步向前,起初只是模糊的阴影,然后形成人影,等抵达岸边时已变成了一个完整的人,身上还穿着衣服。他们之中有老人、年轻人和小孩,甚至还有一条狗。他们的衣服丝毫没有被海水打湿,踩在海滩上的脚印也渐渐由虚变实。

随着浓雾渐渐散去,他们走到了一动不动、毫无生气的病人面前,与此同时,奇怪的歌声从海上传来,与海浪的节拍保持一致。一位身材娇小的胖夫人微笑着拉起一个老头的手,后者回之一笑,从轮椅里起身,和她缓缓跳着舞;两个小孩无声地笑着,把一个头发花白、神情疲惫的女人拉起来跳舞。

胖乎乎的内维尔先生窝在毯子下面,有气无力地打着鼾。即使处于昏睡状态,他看起来也闷闷不乐。这时,一条鼻头湿润的大狗将头搁在他的大腿上，用爪子挠了挠，可怜巴巴地望着他。然后，内维尔先生站了起来，笑得无比灿烂，和大狗笨拙地跳起舞来。

"真精彩。"博士在我耳边轻声说，让人寒毛直竖，"我们也跳支舞吧？"

"非得跳舞吗？"我问道，但还是把手交给了他。我们开始在海滩上跳舞，动作既笨拙又不协调。不知道是不是博士干的，我的腿又能活动自如了。

"你是真实的吗？"我低声说。

"你是吗？"他反问道，然后踩到了我的脚。这下我确信他是真实的了。

"对不起。"博士皱起眉头，"有些人天生笨手笨脚的。"

我叹了口气，"好吧，你的计划是什么？"

"首先我要假扮成真正的博士，然后赢取你的信任，最后再让思维食客如饥似渴地吞掉你的大脑。"

"棒呆了！"我微微一笑，"谢谢你坦诚相告。"

"不客气。"他眨了眨眼，"别担心，我已经帮你设置好了屏障。当塔迪斯在这里坠毁时，思维食客先袭击了我，真有点措手不及。不过现在不会了，我的思维屏障完好无损，相当稳妥。顺便一提，背带很酷。"他拍了拍背带，"我在你的脑袋里垒起了一座高墙，庞德，让它无法被任何东西穿透。"

"思维食客不会起疑吗？"

"呃,或许会吧。我先让你昏睡了好几个小时,趁你睡着的时候装入了假的记忆,比如马恩岛[1]上的愉快观鸟之旅。"

"可我从没去过马恩岛。"我低声说。

"那就对了,我即兴编的,毫无破绽。"博士的脸上闪过一丝得意的笑容,"思维食客要过一阵子才会发现那是一些没用的内容,只会看到几张凤头鹦鹉的照片。它们并不知道你曾在宇宙中游历穿梭,当然,也全然不知我的事情。不,绝不能让它们读取我的思想。"博士坚定地说,"尽管花了不少时间,但我已经找回了自己的记忆。幸好昨晚有人把我从悬崖上扔了下去,在下落的过程中,我的记忆全都嵌合复位了。等我苏醒过来,一切便恢复了正常,只是我不太认得紫红色了,不过终究会的。不管怎么说,我恢复了正常,并恰好阻止它们拿替身来糊弄你。我把那个替身撞到海里,然后就赶来救你了。一切顺利!"

"那罗瑞呢?"我问,这件事很重要。

"哦,他也恢复正常了。"博士说,"我的很多记忆放入了他的大脑,里面有不少富余的空间。转移过程有些匆忙,不是我最成功的一次,许多记忆散得到处都是。我得先让大脑快速运转起来,罗瑞·威廉姆斯放到最后再关心好了。"

我怒视着他——有时候他就是如此无礼——然后踩了一脚,

---

1. 系英格兰与爱尔兰之间的海上岛屿。

他退缩了一下。

"抱歉,不管怎么说,他现在都好得很。我好像没能记起自己最喜欢的酸辣酱食谱。另外,罗瑞真的很讨厌鲱鱼干,可我现在恰好想吃一条。"

"别再说鲱鱼干了。"我用胳膊肘捅了他一下,伴着空灵的旋律继续跳着华尔兹,"我们的对手是谁?《舞动奇迹》[1]版的外星人?"

"哦,艾米·庞德,你绝对是我的最爱。"博士叹了口气,"看看我们周围的病友,大概在三分钟之前,每个人还因为患有可怕的不治之症而奄奄一息,可现在他们竟然在跳舞!"

我环顾四周,发现就连脾气暴躁的内维尔先生看上去也年轻了许多,开心了不少。

"思维食客创造出他们所爱之人的替身,让其获取信任,然后陪伴左右,治愈疾病。"

"呀,"我说,"这主意真不错。"看到博士的表情,我发觉自己说错话了,"不对吗?"

"不对,艾米,大错特错。"

我们站在那里,周围全是翩翩起舞的幽魂。听完他的解释后,我不禁感到毛骨悚然。

---

[1]. 自2004年起在英国广播公司播出的一档电视舞蹈大赛真人秀节目。

玛丽亚的来信

圣克里斯托弗

1783年12月7日

亲爱的妈妈：

你还记得我七岁时的生日宴吗？那次，我和小伙伴们搜遍整个房子，最后找到了藏起来的蛋白酥。今晚的情形似曾相识，就像是最有意思的捉迷藏游戏一样，只不过没有蛋白酥，而且还有一点吓人。

我和罗瑞·威廉姆斯先生在布卢姆医生的诊所里东躲西藏，躲到了壁橱里、床底下、地窖里，更紧迫的一次甚至藏到了布卢姆医生书房的桌子底下。

当我们蜷缩在桌子底下时，我对罗瑞耳语道："先生，你觉得我们被抓住后会怎样？"

罗瑞难过地摇摇头，用更轻的声音说："不知道，肯定不是什么好事。我一向运气不好。"

"我们看到的那个怪物是什么？"

"毫无头绪。"

"我之前见过类似的东西。"我告诉他。我确实见过,可就是记不起来了,但我知道它就在这儿。妈妈,当你看到这封信时,可以帮我回忆一下吗?如果记起来了,拜托你回信告诉我。我知道自己这段时间给你写了很多信,因为这是我生命中最兴奋的时光。

晚上,我们在厨房里躲了一会儿。我吃了一点奶酪和两块蛋糕,而罗瑞什么也没吃。我们听到嘎吱嘎吱的声音,看见艾米呆呆地坐在轮椅里,被庞德先生推走了。罗瑞纠正我说,那不是庞德先生。

"艾米是我的夫人,"他说,听起来满心悲戚,"而和她在一起的那个人是博士。他俩都不太对劲。"

"我们要去找他们吗?"

罗瑞摇摇头,一屁股坐在厨师椅上,"事有蹊跷。我本想那样做,但博士的声音在我的脑袋里回响,让我别去。"

"他是怎么做到的?"

"我也不知道,这正是最近几天让我困惑不已的事情。我想,我的脑袋里可能残存着他的记忆。"他一脸苦相地说。

我点了点头。艾米、罗瑞,还有博士——三个超凡绝伦的人物——他们的生活是如此不同寻常。妈妈,等我回家了,我们可以邀请他们过来住几天吗?

于是,我俩坐在厨房里,等餐厅空无一人后溜出去,躲到了餐桌底下。"我们就待在这里想想办法。"罗瑞说。

我们待了几个小时,中间还打了个盹儿,罗瑞先生的鼾声很轻。早餐结束后,这里又只剩下我们二人。我想出去,但罗瑞还想再确认一下。

他的担心是正确的。

"先生,"我轻声说,"有人来了!"

我的心脏怦怦直跳。脚步声越来越近,我们马上要被抓住了。

脚步声在我们面前停了下来,我的心都快提到了嗓子眼儿!

天哪,妈妈!

有人蹲下来,掀开了桌布。

"罗瑞!玛丽亚!"艾米喊道,"很高兴见到你们!"

然后,另一张脸出现了,正是博士。他抓住罗瑞的脚踝,把他从餐桌底下拖了出来,"罗瑞!"他咧嘴一笑,给了一个大大的熊抱,差点把罗瑞勒断气,"我假扮过你!"

"是的。"罗瑞小声嘟哝道。

"我敢说,假扮我的那段经历一定是你的高光时刻。"

"不……恰恰相反。"

博士后退一步,睁大眼睛,手舞足蹈,"你从怪物的手中脱身了吗?你烧什么东西了吗?反正我总是那样做——前一刻还在拟定计划,下一刻就砰的一声爆炸了!我的保险费都白交了。"

博士的口中迸出奇奇怪怪的字眼，"不管怎么说，你已经恢复正常了，对吗？"

"对。"罗瑞说完又紧闭双唇。

博士用胳膊肘轻轻地捅了他一下，"说说吧，你当博士的时候感觉如何？是不是好极了？有没有开阔眼界？"

罗瑞看上去不太高兴，"做自己挺好的，真的。我不想当什么英雄。"

"别谦虚了，你做了很多了不起的事情。"博士说，"你娶到了艾米莉亚·庞德，或许还会修保险丝——我从未掌握这项技能，它相当重要。"他转向我，压低声音说，"没事，玛丽亚，你不需要知道保险丝是什么，它不值一提。"他又转过头去继续说，"不管怎么说，罗瑞，你已经拿回了你自己的记忆……"

罗瑞坐在椅子上，抬头看着博士。有那么一瞬间，他看上去怒气冲冲的。"那么，你当罗瑞的时候感觉如何？"他问。

博士扯了扯背带，尴尬地说："哦……我相信自己会忘掉的。"他摆了摆手。

这时，艾米俯身牵起我的手，"来吧，玛丽亚，我们去吃点面包。他们可能还要再吵一阵子。"

永远爱你的

玛丽亚

内维尔先生的来信

圣克里斯托弗
1783年12月7日

亲爱的奥塔维斯：

我与奥丽维娅·艾尔奎缇妮共进早餐了。

"你不拉小提琴吗？"我一边嚼着点心（事实证明，人还是吃得惯这种东西的），一边问她。

她面带微笑，摇了摇头，"我们从不在早上演奏。我的妹妹不会下楼吃早餐，她更愿意待在房间里。"

"那她会做些什么？"我问，"那些数字是什么？细目清单？"

奥丽维娅又对我露出了笑容，"内维尔先生，我的妹妹在数学方面很有天赋。"

"当然，当然。"我假意赞同道，但还是认为海伦娜一点天赋也没有。接下来，奥丽维娅讲了一大段关于数学运算之类的枯燥内容，我只是点着头，其实心思早已跑到了别的地方。我心想，如果她懂得打猎，骑在马背上发号施令的样子一定非常曼妙。

直到迷人的布卢姆夫人拍了拍我的肩膀,我才回过神来。"晨间治疗时间到了,内维尔先生。"她温柔地说。

我瞥了奥丽维娅一眼,注意到她皱起了眉头。

"布卢姆夫人,"我婉拒道,"或许……呃……或许可以推迟一会儿吗?"

布卢姆夫人摇了摇头,果断地说:"现在就去,我真心建议你立即进行治疗。"

"呃,好吧,既然如此,或许我应该……"我站起来,向奥丽维娅道别,尽可能避开她的目光。

当我动身前往海滩时,我看到她正望着我,似乎很失落。

哎,女人啊!我相信她会没事的。

谨启。

亨利·内维尔

艾米记事簿

永远不要把博士太当回事。就在你的生活刚刚步入正轨时,他却把你叫去和俄国王储共进早餐。

博士和罗瑞刚一休战,就坚持要我们躲在鲍里斯王子的套房里。"啊!我爱逃难者!"鲍里斯王子高兴地说,"我的母亲曾在某间乡村别墅里收留了一群吉卜赛人,让他们待了好几个月。你们两位居然互换了身份!多么大胆!还要加点鱼子酱吗?"

是的,没错,我们早餐吃的是鱼子酱,老实说,就像在吃堆了太多鳀鱼的比萨一样。博士在鱼子酱上又涂了一层柑橘酱,还发誓说这是人间美味。

罗瑞因为恢复常态而松了口气,正坐在床边喝茶,博士则想弥补之前的言行,"很抱歉把你的大脑弄得一团糟,罗瑞。事出紧急。"

"没关系。"罗瑞礼貌地说,"现在一切都——"

"差不多了。"博士喃喃道,"不知道你还记不记得……"

"洋葱酸辣酱的食谱吗?我就知道那不是我的记忆。"

"太感谢了！"博士热情地拥抱了他，"我正好忘记了！"

"不客气。顺便一提，"罗瑞嘟哝道，"一切都恢复正常了。"

我看得出来，他需要好好关怀一番，最好再来个背部按摩，不过现在……好吧，吃完早餐再说。

突然，罗瑞警觉地问："你的食人魔宠物去哪儿了？"

"你是说科索夫？"鲍里斯王子耸耸肩，"他可能出去闲逛了，说不定在找你们呢。"他说着大笑起来。我留意到，这会儿他的笑声里没有夹杂咯咯声，看来身体好多了。坦白说，他看上去有点像乔治·克鲁尼[1]。我发现博士正盯着他头上那顶流苏天鹅绒睡帽，好像担心它一不留神就会消失，而我们便永远听不到"睡帽很酷"这句话了。

当鲍里斯王子冲着像熔岩一样滚烫浓稠的咖啡时，博士正用记号笔在窗户上涂涂写写，向我们解释眼下的情况。玛丽亚坐在角落里，舔着指尖上的鱼子酱。她睁大眼睛，一脸崇拜地注视着博士。又一个小女孩被他吸引住了，但博士自己好像从未意识到这一点。

"所以，总的来说，我们是时间旅行者。如果宇宙某处遇到了麻烦，但没人能够伸出援手，那就轮到我们帮忙了。我们是一流的团队，由博士和了不起的艾米·庞德——"罗瑞轻轻地清了

---

1. 乔治·克鲁尼（1961- ），美国演员、导演、制片人，作品有《急诊室的故事》《蝙蝠侠与罗宾》《十一罗汉》《明日世界》等等。

清嗓子,"哦,是的,以及艾米的丈夫罗杰组成。"

"我叫罗瑞。"

"管他呢。"

玛丽亚仰慕地深吸一口气。

鲍里斯王子点点头,一副洞悉一切的样子,"这么说,你们来自未来?"

博士点点头,"时而来自未来,时而来自过去,时而略有偏差。这就是我们的真实身份。"

"这里出了什么乱子?"鲍里斯王子严肃地说。

"终于有人问我这个问题了!"博士面露喜色,看起来非常高兴,滔滔不绝地讲了起来。我发誓,他总有一天会为了解释说明而做出一份演示文稿。"好了,暂且不管海滩上的疯狂外星人,"见鲍里斯王子张了嘴,博士飞快地接着往下说,"我说了别管它们!一个字也别提!现在,我们正处于历史上一个至关重要的年份——1782年!"

"应该是1783年。"玛丽亚小声地纠正道。

"好吧,听我说!1783年是非常重要的一年,虽然没发生什么大事,但即将迎来一系列事件——战争、革命或者诸如此类的严峻危机。"

"所以,你们是来阻止这一切的?"鲍里斯王子神情严肃地说。平心而论,他对我们来自未来这件事消化得相当快,看起来也不怎么感兴趣,不愧是俄国王储。

博士耸耸肩,"不,顺其自然吧。"有时候,博士就是这么自命不凡、冷漠无情。他来回踱步,"重要的是……时间就像是一座摇摇欲坠的纸牌屋,上面的纸牌越垒越高,无穷无尽,既精妙绝伦,又脆弱无比,而你不会想去摆弄任何一张纸牌的,相信我。"他双手一拍,把鱼子酱溅到了墙上,"悲伤随处可见。"他又转过身来,"布卢姆医生真的很了不起,他在治疗一种致命的疾病,只不过提前了一百年左右,而这就很不妙了。"他扫了一眼地面,似乎有些局促不安。

最后,他艰难地吐出后面的话。有那么一瞬,他拉长的面孔显得既温柔,又悲伤,"所有的线索都把我带到了你的面前,鲍里斯王子。我很抱歉,但事情是这样的……你是我见过的最友善的俄国贵族,那么善良、聪明,不仅冲得一手美味的咖啡,而且善待下人,还没有被迫参与政治联姻。然而,你患上了可怕的肺痨,命不久矣。"博士凝视着窗外,似乎不忍心直视鲍里斯王子的眼睛,后者一动不动,对博士说的每一个字都无比触动,"可是,你却出乎意料地好转了。不只是你,每个人都……"

罗瑞牵住我的手,知道博士接下来会说什么。

"你看……这个地方相当昂贵,只有富人才能住进来,说来凑巧,正是为你们这些重要的贵宾准备的。玛丽亚说她的妈妈在巴黎有栋漂亮的大房子,实际上,那是一座宫殿对吗,玛丽亚?"

玛丽亚郑重地点点头,看起来吓坏了。我伸出手,招呼她过来坐在我的腿上。

现在是我们四个人一同面对博士——四个孤独惶恐的人类盯着眼前这个可怕的外星人——可后者就是不肯闭嘴。

"就连讨厌的内维尔先生也是一名国会议员,虽然他的餐桌礼仪如此糟糕。我本不想说出来,但如果他再多活十年,那他就有机会成为一位大人物。"博士将双手插进裤兜,凝视着远处的大海,"然后是沉默的海伦娜·艾尔奎缇妮。她在这个时代就写出了对数表,而在十年之后,构想出计算机的人才出生。她真是太了不起了!想象一下,要是她完成了运算,拿破仑或许就会拥有雷达和遥控导弹。"他严肃地望着鲍里斯王子和玛丽亚,"请赶快忘掉我刚刚说的那些术语。"

鲍里斯王子虽然表现出一副漠不关心的样子,但我看得出他其实对此非常感兴趣。

博士继续说:"这里的每一位病人都像是构建历史的一张纸牌。如果仅仅是一两个人很奇怪,我也许会睁一只眼闭一只眼……但是,不,你们都很奇怪。"他的声音颤抖起来,流露出悲伤的情绪,"每一个人。"

博士一屁股坐在床尾,不再看向我们。外面的大风刮得窗户嘎吱作响,房间里顿时变得冷飕飕的。在风声之下,我几乎听不清博士的声音。"有时候,我真讨厌自己的生活。"他叹了口气。

这时，罗瑞开口了。每到这种时刻，我就会再次记起自己为什么爱他。当我们在餐厅里被索要过多的服务费，或者博士对一群无辜的人"宣判死刑"的时候，没人知道该说些什么，但罗瑞总会开口。他看起来和博士一样痛苦，也许是因为博士的记忆在他的脑海里烙下了印记。"所以我们必须阻止这一切，但谁才是罪魁祸首？"

"哦，不是布卢姆医生，他只是个可怜的傻瓜。"博士把鱼子酱刮到饼干上，用刀背反复涂抹，我知道他根本不会吃下去，只是想找点事做罢了，"罪魁祸首是来自海里的一种生物，叫作知交客。它们曾无数次出现在地球上的各种传说中——孤独的旅人在险象环生的旅途中见到了逝去的爱人或者旧友，并受其指引化险为夷。那就是它们，一种心怀善意但没有感情的水栖群居生物，像是往返于两个世界之间的活死人。然而……由于天性善良，它们轻易相信了他人，因此被某个邪恶的东西利用了。知交客与诊所附近的某个东西或某个人建立了强烈的心灵感应……这很不妙。"

"有意思。"鲍里斯王子喃喃道。

博士掰碎饼干，看着碎屑掉在套反了的床罩上。一会儿仆人有的忙了，我心想。

"它们可能根本没有意识到自己被利用了。"他呻吟着说，"真是一团糟。"他将双臂伸向空中，"纸牌散落得到处都是。"

然后对我们露出了悲戚的笑容。

鲍里斯王子开始反驳起来。他突然摆出一副贵族派头，要求博士给一个说法，以解释自己为什么在这里待了好几个月。他大声咆哮，发出怒吼，甚至出口威胁，最后又安静下来，一声不吭。

"科索夫。"他最后说。

"什么？"博士温和地问，耐心地等待他的回答。

"如果我说我的童年非常不幸，你们或许根本不信，只会一笑置之，可事实就是如此。我虽然是含着金汤匙出生的贵公子，但从未和父母独处过。我们总是待在一个昏暗的大房间里，座位隔得远远的，一大群下人候在一旁。我的父亲很严厉，总是不苟言笑——就算他的眼中闪过一丝笑意，我也根本看不到。至于我的母亲……每天见面的那一个小时，她看起来宛如来自另一个世界的仙女，而余下的时间我都在托儿所或者教室里度过。唯一关心我、在意我的人就是科索夫了。他在马厩工作，会哈哈大笑，会讲笑话，会教我骑马，还会鼓励我。他似乎以我为傲，就像是我真正的父亲。虽然他也有家人，但总是很高兴见到我。我喜欢被这样对待，也十分爱戴他。后来，我离开了那里，和他渐渐失去联系。再后来我生病了，感觉漫漫人生失去了盼头，所谓的梦想也变得毫无意义。不久前，一位伯爵夫人在某个派对上悄悄提起了这个地方，说这里的治疗多么不可思议。因此，我来到了这里。只有科索夫陪伴左右，一直照顾我。"

博士点点头,"你现在明白了吗?"他的表情就像是说中了某件不值得开心的事情。

"我明白了。"鲍里斯王子难过地低声说,"科索夫和你说的那个生物有关吗?"

"我不知道。"博士将双手插进裤兜,望着远处的海滩,"我还不太清楚发生了什么,但愿意洗耳恭听。"

我们立即讨论起来,商量着接下来的打算。

过了好一会儿,我们才意识到,有人不见了。

布卢姆医生的日记

1783年12月7日

大事不妙!

我们几个人站在海滩上,就连佩蒂塔看上去也愁眉不展。

"他不是知交客。"科索夫难过地说,"诡谲之海创造的博士替身……消失了……"他指着远处灰蒙蒙的海岸线,"我们需要找到博士。"

佩蒂塔安慰地拍了拍他,"别担心,我们会找到他的,找到那几个陌生人。"

我正想开口,看到佩蒂塔瞥了我一眼,只好闭口不语。

"亲爱的,别担心了,这件事就交给我们吧。"她总是对我这么好。

我们在这里站了一会儿,聆听着诡谲之海的歌声,注视着周围翩翩起舞的病人们。海边下着小雨,诡谲之海翻滚着暗灰色的海浪,上面漂浮着点点白色的泡沫,既像雪山,又像沉睡的海鸥。

一阵咳嗽声从我们身后传来。

"你们好。"那个声音说,"我能插句话吗?"

我们转过身,看到可怜的罗瑞·威廉姆斯紧张地站在原地,在风中瑟瑟发抖。

多么有趣的人,我想,虽然脸上写满了决心,但他看起来还是那么软弱、愚蠢。科索夫一把抓住他,准备张开嘴喷出浓雾,但被我制止了。佩蒂塔露出饶有兴致的笑容,等威廉姆斯先生继续开口。

"好吧……我想我应该……来和你们谈谈,趁事情还没有……变得不愉快。"威廉姆斯先生看上去十分胆怯,但拼命表现得很勇敢,"我觉得有必要把博士的事情告诉你们,为了公平起见。"

海浪不断地冲刷海岸,我们看着他,焦急地等待着。曾有人指责我没有耐心,但他搞错了。一名好医生深谙等待之道,懂得顺其自然而不是横加干涉。当陪伴垂死的病人迎接死亡时,我知道他们可能会喊叫、哭闹或者大笑,但终究会安静下来。

最后,威廉姆斯先生开口了:"好吧。"他的目光扫过海滩,"我现在已经完全了解博士了,因为他的一部分思想曾进入我的大脑。听我说,布卢姆医生,你尽全力想要治愈一种致命的疾病,这很好,而且治疗方法确实管用,比如让病人呼吸新鲜的空气,让他们得到充分的休息,为他们提供干净的床单和消毒的设备。

可与此同时，你被来自海里的某种东西利用了。目前而言，你和博士都想尽善尽美，只是存在分歧，可你好几次想要杀掉他。"

我正想反驳这不公正的指控，但威廉姆斯先生继续说了下去，声音愈发坚定："我想说的是，别担心，有的人比你做得还要过分。可即便如此，当一天终了时，博士还是会和他的敌人重归于好。他很宽容，也很开明。"

佩蒂塔开口了："我的丈夫也是如此。"她热情地说，"他是一个好男人。你们的博士想让我们留在黑暗时代，而我的丈夫则想改变世界。"

"我认为这恰好是问题所在。"威廉姆斯先生说。一只鸟从我们的头顶飞过，嘎嘎地叫着。

"请继续。"我的夫人笑着说。

"问题是，一旦博士发觉事情不对劲，就不达目的不罢休。"威廉姆斯先生沉下脸，像是在担心什么事情，"要知道……博士总是取胜。如果他决定阻止你们，那他一定说到做到。"威廉姆斯先生望着我们，微微一笑。

"只是这样吗？"佩蒂塔问。

他摇摇头，"我只是……只是不想看到你们的努力都……付之东流。"威廉姆斯先生顿了顿，用脚在潮湿的沙子上划来划去，"呃，博士其实没那么难以捉摸。"

"你是在威胁我们吗，先生？"我一语道破。

他摇摇头,"哦,不,当然不是。我只是想把事情变得简单点,至少这一次是这样。设想一下,博士和你们只需要坐下来聊聊天就把事情解决了。我希望做出改变,因为我厌倦了备选方案。"

"什么是备选方案?"佩蒂塔关切地问。

威廉姆斯先生指了指脚下,他刚刚写出"爆炸"这个词。

"不管怎么说……"他耸耸肩,不再那么紧张,只是有些悲伤,"我想要试一试。即使做的是无用功,但至少我试过了。要是知道我这次没成功,博士一定更加坚信自己的方案是对的,因为一贯如此。要是没什么事,我就先走了。你们想把我打晕了再绑起来也行。"罗瑞·威廉姆斯说完便转身离开了,看上去可怜兮兮的。

我目送他远去。

没走几步,他就停了下来。一开始,我以为他会转过身说点别的什么,但他咳嗽了一下,然后咳得停不下来。他用双臂紧紧搂住自己,想要强迫自己停下来。他拼命喘着气,但始终没有止住咳嗽。佩蒂塔望向我,两眼放光。

"你还好吗,威廉姆斯先生?"我向他走去。

他站在原地,将捂在嘴上的手放下来,凝视着手掌。

"我这是怎么了?"他听起来很虚弱。

我伸出手搂住他的肩膀,"威廉姆斯先生……"我严肃地说,"你病得很重。"

他呆呆地盯着自己的掌心,上面全是血。

艾米记事簿

"罗瑞又不是我的忠犬!"我冲博士吼道。

"那就好!"他生气地说,"我倒情愿和狗待在一起。"他停顿了一下,突然一脸期待地说,"你确定不喜欢猫吗?"

"就算你这么说,也无法让他回来。"我说。

他做了个鬼脸,"谁说我想让他回来?我只是提供其他选择而已,比如一只可爱的姜黄色公猫。当然,得给它做绝育手术。"他微微一笑,"起名的任务就交给你了。"

"我们会找到罗瑞的,"我坚定地说,"然后有他受的。"我一屁股坐到了床边。

鲍里斯王子同情地轻拍我的胳膊,"你结婚很久了吗,亲爱的?"他悄悄对博士露出"这就是女人"的表情,结果恰好被我发现,微微红了脸。

博士指着窗外,"艾米·庞德,一种即将破坏人类历史的外星生物就在外面,而你指望谁冒着生命危险去和它们谈判——是一位活了上千年的时间领主,还是一个勉强够格的男护士?"

"话不能这么说。"我有点不满地说。

"那你想让我怎么说?"博士气得来回踱步,"嫁给唯一一个没有全套芭芭拉·史翠珊[1]唱片的男护士真是太英明了!你到底为什么选择他?你们镇上就没有空少吗?"

"有,杰夫。"

"啊哈。"

我站起来,踮起脚尖,试着对上博士的视线。这么做有点困难,不仅因为他比我高,而且还因为他的目光刺眼灼人,就像没有借助工具而直视日食时的太阳光一样。他的眼神就是这样令人不敢直视,只不过眉毛倒有些诱人。

"我永远都会选择罗瑞,因为他和你很像!"我冲他大喊,"他体贴有趣、善解人意,而且总会选择做正确的事情。还有,你俩的跑步姿势一模一样。"

"我们不一样。"

"你们一样。"

博士和我同时一屁股坐在沙发上,谁也不理谁。鲍里斯王子只好尽可能装作自己不存在。

博士看起来气鼓鼓的,好像下一刻就会勃然大怒。然后,他活动了一下腿,等再度开口时,语气变得柔和了:"你真的是这

---

1. 芭芭拉·史翠珊(1942-),美国歌手、演员、导演和制片人,曾获得两次奥斯卡金像奖、十次格莱美奖、五次艾美奖、一次特别托尼奖和九次金球奖。

样看待我的吗？你真的是这样看待他的吗？"

我点了点头。

事实上，我很难和博士说清楚。你没法和他谈论这些，因为话题总会偏向错误的方向。有时候，博士表达情绪的方式很奇怪，就好像他有一本情绪指南，然后一边翻一边在上面打钩，"没错，这个代表愤怒，这个代表恐惧，我猜这个代表爱……明白了。"我甚至想象得出他和朋友（真的有吗？）坐在一起闲聊时说："哼，人类？你都可以猜到他们在想什么。"可其他时候，他似乎又会花数百年的时间体验不同的情绪，每次只领悟一种。

千万别让我打开关于博士、艾米和罗瑞的话匣子……这就像……我说不上来……假设你非常喜欢瑞安·雷诺兹[1]，有一天你遇到一个人，他虽然并不是瑞安·雷诺兹，但或许会露出同样的那种傻笑。于是，你心想："好了，就是他了，我很满意。"然后就和他在一起了。可是有一天，瑞安·雷诺兹本人突然出现，坐在露营车里对你喊道："嘿！我们来场公路旅行吧，会很好玩儿的。记得带上你的男朋友！"只不过他并没有拯救宇宙，起码周末不会。

我想，也许这就是我的生活——挤在露营车里一边偷瞄我的

---

1. 瑞安·雷诺兹（1976- ），加拿大演员，作品有《绿灯侠》《死侍》《大侦探皮卡丘》等等。

"瑞安·雷诺兹",一边和我的丈夫努力辨识着地图,思考我们要往哪儿开。

别看我滔滔不绝地说个不停,其实都是胡言乱语。虽然想了这么一大堆,但其实只花了很短的时间——这些想法全都飞速掠过我的脑海。天知道装在博士脑袋里的想法会是什么样子,也许就像在棉花糖工厂里装了一台大型强子对撞机。

最后,我们都没再说话,只是干坐在沙发上。博士和艾米,既没有拯救宇宙,也没有冲对方大喊大叫。如此说来,还算有点进步。

鲍里斯王子站了起来,"不,别起来,请待在这里。"他夸张地清了清嗓子,"我只不过是一个将死的王子,不妨让我给你们再沏杯茶,反正一点也不麻烦。"

沉默的氛围顿时被他打破。

我们走动起来,忙着泡茶。与此同时,玛丽亚一直注视着我们,眼睛睁得大大的,一脸好奇。她扯了扯博士的袖子,"你们说的这些都是真的吗?"

博士蹲了下来,"你觉得是真的吗,玛丽亚?"

她郑重地点了点头。

博士轻轻刮了一下她的鼻子,"那这些就都是真的。永远记住这一点。"

"可是……"她望着他,惊讶于一个大人居然会这样回答自己,"只是……"

博士咧嘴一笑,"玛丽亚,你亲眼见证了这一切,所以不要有丝毫怀疑。等你长大了也要记住这一点——所见即为真。"

她认真地点了点头。坦白说,虽然博士信誓旦旦地说出了那句话,但他的意思和"永远听从你的内心"没什么两样。但我知道,从那一刻起,博士拥有了一位终生的挚友。

玛丽亚仍然看着他,"我非常喜欢罗瑞先生,他待我很好,所以拜托你不要抛下他。"

博士凝视着她,眨了眨眼。他从鲍里斯王子的手中接过一杯茶,往茶杯里放了三块方糖,然后一饮而尽,皱起了眉头。

接着,他瞥了我一眼。不是带有警告的那种眼神,而是"你赢了"那种会意的眼色——完全是博士的一贯作风。

"艾米·庞德,把杂事先放一边,我们去拯救你的丈夫。"

罗瑞的故事

大家好，我是罗瑞，正处于垂死的边缘。

到目前为止，我其实还没怎么发言，完全置身事外。说实话，我更乐意让别人来讲述我的故事，可又一言难尽。

遇到问题时，艾米总是知道该怎么办，就算不知道，也会表现出信心十足的样子。无论在超市里还是在着火的宇宙飞船上，她都会大笑着一路狂奔。

有时，我会被甩在后面。

我爱你，艾米·庞德，对此我深信不疑。

我由衷地认为你也爱我。好吧，有的时候是这样。我常常在想，你是发自内心得非常爱我，还是出于博士的原因而对我心生爱意？如果你明白我的意思的话。要是因为后者，我就有些生气。我生气是因为自己不喜欢那样的想法，不管怎么想都很糟糕。我讨厌博士打乱了你的生活，但如果他没有这样做，我们甚至不可能结婚。如此说来，或许我还应该心存感激。我将要告诉你一个谎言，也已经告诉过你一个真相。砰！

现在，博士把我的大脑也弄得一团糟，我都不知道该想些什么了。

博士曾告诫我不要乱扔垃圾。当时，我们在一颗可爱的星球上，穿行于唱歌的紫色树林之间。我扔了一个东西，先别生气，不是易拉罐之类的东西，只是香蕉皮罢了。

博士肯定听不见扔东西的声音，但他停下了脚步，转过身来盯着我，好像我扔的是一枚手榴弹似的。

"你刚才做了什么？"

"什么也没做。"

"不可能，你到底做了什么？不可能有人'什么也没做'，闻所未闻。"

我耸了耸肩。

博士走近了一步。

我感到口干舌燥，不知道戴立克会不会也是这种感觉。突然，一股尿意袭来。

他的目光向下游移，盯着脚下。

我顺着他的目光低下头，看到了香蕉皮。

艾米像跳跳虎一样蹦了过来（假设跳跳虎会穿迷你裙的话），"哦，得了吧，博士，只是香蕉皮而已。"

"没错。"博士慢慢地说，"香——蕉——皮。"

"对不起。"我说，"香蕉皮是可生物降解的，但是好吧，我会……呃……捡起来的。"

博士一把抓住我的手腕,"重复一遍刚才那个词。"

"什么?生物降解吗?"

"就是这个。"

我迁就着他重复了一遍,"生物降解。"我可不想一个人被丢在这里。

博士接下来说的话带着怒气,让我想到了学校的历史老师——热衷于用红笔在你的作业本上打分,并留下烦人的批注。"这是一颗陌生的星球,拥有独一无二的生态系统。在此之前,这个世界上从未出现过香蕉,而你却随手扔掉了香蕉皮。"

"我说了对不起,我会捡起来的……"

"你已经对这颗星球造成了影响,罗瑞。想象一下,接下来可能会发生什么?香蕉皮会腐烂,残留的种子会发芽,然后长出许许多多棵香蕉树遍布整颗星球。谁说得准还会发生什么?五年内这片森林可能已经荡然无存,再也没有会唱歌的树了。你知道吗?在那么多的星系中,唯独这颗星球上生长着会唱歌的树。而在千百年后,当两支交战的军队在这里相遇时,他们会做些什么呢?会为了这个地方大动干戈吗?不!他们会望着这些树,安静地聆听它们的歌声。大概就在我们左边三百米的位置,他们会握手言和,宣告和平。可是,再也不可能了,一切都不会发生。相反,他们会发现一个死气沉沉的世界,而双方的战争将延续数千年，直到两个文明走向毁灭，数十亿人在战火中丧命。这一切的变化就因为你现在丢掉了香蕉皮。"

我沉默下来，一言不发。

"现在就捡起来。"博士说。

我把香蕉皮捡起来，放进了口袋。

"谢谢。"博士露出了微笑，"当然，我刚才说的其实根本不会发生，只是说说而已。香蕉很好。"

于是，我们继续前行。

看吧，他就喜欢夸大其词吓唬人。我时常会想，他有没有意识到自己给艾米带来了怎样的混乱？尽管这种混乱很棒，我也很喜欢，但我好奇博士到底知不知道错全在他？如果他真的知道，会为此夜不能寐吗？

我只是说说而已。事情真的一言难尽，我无法不懂装懂。

话说回来，想象一下这种感觉——你鼓足了勇气面对所谓的坏人，结果突然之间，他们变得非常友善。

等我不再咳嗽后，布卢姆医生让我在他的书房里坐了下来。他关上落地窗，他的夫人则递给我一杯酒。"抱歉，没有白兰地了，"她说，"这是干雪利酒。"

我抿了一口，但没有细品，努力克制着咳嗽。这并非易事。

"可怜的家伙。"布卢姆医生说，"你感觉不适有多久了？"

他将自己的手帕递给我，上面绣着他名字的缩写，还有几朵花。有意思。

我感觉耳朵里嗡嗡作响。

我就在医院工作，本应该见怪不怪，可还是有种奇怪的感觉。

我曾见过好脾气的老太太因为摔伤头进了医院，可当她从床上醒来后，却尖叫着对所有人骂骂咧咧的，直到生命的最后一刻，仿佛将积攒了数十年的怒气一股脑儿发泄了出来；我曾见过脸色发黄、形容枯槁的病人虽然日渐消瘦，但仍然因为情景喜剧而开怀大笑；我曾见过病人的脸上露出了忧虑的表情，却以为没人注意到；我也曾见过每天都来看望生病孩子的母亲，尽管她极力掩饰，但还是面露厌倦。

面对噩耗时，人们有各种各样的反应：有的人会当场号啕大哭；有的人会开起玩笑，等独处时才平静下来；有的人则日渐麻木，直到一切终了。我想我是第三种人，会软弱而沉默地面对噩耗。

我坐在一把舒适的椅子里，挨着温暖的炉火，正在咯血。咳嗽好不容易减弱了一点点，却又再次加重。

我得了结核病。我的肺正从内而外被一点一点蚕食，虽然过程缓慢，但绝对致命。奇怪的是，如今结核病依旧存在，虽然还是很可怕，但已经能够通过药物或各种各样的方法进行治疗。

可现在，我和现代隔了两百年的时间。我只能窝在椅子里，抿着干雪利酒，为每一次呼吸拼尽全力。真是造化弄人。我还有一种奇怪的感觉，好像生活的冷酷无情全部压到了我的身上。我已生命垂危，却身处此地——远离家乡，远离艾米。

"我还能活多久？"

我为什么要问这个？

布卢姆医生轻笑着拍了拍我的手，并没有表现得自命不凡，"我的朋友，你现在千万不要放弃希望。这家诊所正是治疗这种疾病的地方，而且你的症状也只是初次出现，对吗？"

他俯下身，将耳朵贴在我的胸前，"嗯嗯，左肺啰音。哦，不用管这个专业术语，不必困扰，一切都很好，目前来看问题不大。吸气、呼气。"

"你能帮我止住咳嗽吗？"我问。老实说，咯血太可怕了，真的。

他难过地摇摇头，"会停下来的，顺其自然吧。喝点酒，放轻松，站在你面前的可是一位妙手回春的医生，威廉姆斯先生。"

我瘫在了椅子里。在我眼前，布卢姆夫人看上去温柔体贴，科索夫依旧神情严肃，布卢姆医生则极其热情。

"我还会出现什么症状？"

布卢姆医生端坐着对我说："别担心，放轻松就好。"他拍了拍我的手，让人颇感慰藉。

我病得很重。在这个时代，既没有抗生素，也没有阿司匹林。我怕得要死，只好又喝了一口干雪利酒，感觉喉咙火辣辣的。

"我是怎么……怎么得的这个病？"我问。

他耸耸肩，"恐怕是因为……这么说吧，这里是一家诊所，而在你周围全是病人。"

我点点头表示理解。多么愚蠢的问题啊，我当然是被传染的。

"艾米！"我惊叫道，"拜托你们找到我的夫人，然后告诉她我的病情。"

布卢姆医生点点头，"一定，这是我们应该做的。科索夫要去哪儿找人呢？我可不想让他徒劳无功地在整个诊所找一遍。"

"她在鲍里斯王子的套房里。"

"啊，没错，当然了。"

科索夫点点头，离开了房间。

布卢姆医生凑了过来，"别担心，威廉姆斯先生，把身体向后靠，放轻松。咳嗽很快就会过去的，然后我们就可以开始治疗了。"

我惊慌起来，害怕极了。突然，我灵光一闪：博士不会放任我在这个时代死掉的，对吧？救我一命对他而言绝非难事，他只需要回到塔迪斯里，抓一把药片，然后……

接着，我意识到博士会做何反应，甚至想象得出他脸上的表情——因为我已经目睹过了——悲伤而愤怒。

他会救我吗，还是任我在这里自生自灭？

我只不过是地上的香蕉皮而已。

内维尔先生的来信

圣克里斯托弗
1783年12月7日

亲爱的奥塔维斯：

还有比女人更捉摸不透的生物吗？

任谁看到别人病情好转，不再像漏气的风箱一样喘气，都会满心欢喜吧？然而并不是！我们亲爱的奥丽维娅·艾尔奎缇妮就异于常人。今天早上，我在餐厅里遇到了她，这个讨厌的女人让我受到了十足的伤害。

她冷漠得无法理喻！就因为听说我要去海滩上，连海伦娜也要去，而她自己却无法接受治疗。但是，我已经和布卢姆夫人谈过了，显而易见，不是每个人都适合这种疗法。

我把奥丽维娅堵住，想要和她解释清楚，但她根本听不进去。

"我很高兴看到你有所好转，先生。"她冷冷地说，灵巧地从我身边躲开。

"可是，该死，奥丽维娅。"我不甘心地说，因为叫出她的名字而一阵脸红，"我只是想让你为我感到高兴！"

"为你送上我最真挚的祝福，内维尔先生。"她冷漠地说。她为什么会这样？如果下议院里有人敢这样说话，我二话不说就把他撂倒了！

不过，我抑制住了怒火，"你不能去海滩上接受治疗真是太遗憾了，但我可以和布卢姆夫人求个情，我说话还是有点分量的。"

"当然。"她挑了挑眉毛，"你没发现只有你们这些说话有分量的人才能接受治疗吗？"

"呃，没有。"我不假思索地回答道，"毕竟，这里的病人太多了，总得分个三六九等吧。"

不知为何，她眨了眨眼，跟我道别后转身离去。正如我刚才说的，女人真是捉摸不透！

治疗过程我记不太清了，感觉像是做了一场愉快的白日梦，梦里还出现了儿时养过的大狗斯托克。哦，世界上绝对没有比斯托克更忠诚的猎犬了。它虽然浑身上下一股臭味儿，但性情相当温和。

真有意思，我怎么会突然想起这些事。

除此之外，这个地方依然像一间疯人院。那三个新来的访客看来真的疯了——两个男人竟然一直假扮成对方。更离谱的是，那个单身汉还声称自己是别人的丈夫！这种事儿发生在诗人身上姑且可以理解，但绝不应该发生在如此体面的地方。据说，其中一个男人现在正躺在病床上，在我看来，他就是自作自受。

老样子，谨启尔尔。

亨利

布卢姆医生的日记

1783年12月7日

友善可助人胜之不武！这句话对难缠的病人和敌人同样适用。

博士走进玻璃暖房——我们的中立地区——我向他打了个招呼。

"很高兴终于见到你了，先生。"我说，将他上下打量了一遍。这位就是让诡谲之海感兴趣的大人物了，我暗忖着，他的脑袋里藏着很多有趣的东西。我们曾在艾米·庞德和愚蠢的威廉姆斯先生的大脑中苦苦搜寻他的踪迹，可他自始至终就在那里，巧妙地避开了我们。

这或许证明，科索夫跟我说的是真的，他不仅不属于这个世界，而且还超越了时空。在我看来，他更像是从我的家乡日内瓦来的学生，举止傲慢，甚至连故意东拼西凑出来的衣服也一样；然而，那双眼睛却闪烁着智慧的光芒。为了避免被诡谲之海读取思想，他一定付出了很多努力，这反而让它们更想了解他了。我能感受到它们在我脑袋里传来的热切渴望，于是努力让自己保持清醒。

我注意到，博士只是满心戒备地站在原地，等待我的下一步行动。

"没事的，先生，请你放心……我让科索夫把你找来完全是出于一片好意。"我挤出一个暖心的笑容，"如果需要的话，我可以摇白旗投降。"

"你继续。"他看起来十分傲慢，一副自鸣得意的样子。过一会儿他就不会是这副表情了。我向佩蒂塔点头示意，她在我们面前放下两杯热气腾腾的热巧克力。博士拉开椅子，像走出笼子的动物一样小心翼翼地环顾四周，然后才坐定。椅子擦着瓷砖地面发出刺耳的噪音。

"我得说，没有放棉花糖就等于失去了精华。"博士盯着放在面前的那杯热巧克力说。

我没有理会他的无礼，"不会的，先生，我向你保证，佩蒂塔做的热巧克力无与伦比，十分可口。"

博士试探着呷了一口，然后露出微笑，向佩蒂塔点头致意，"味道真好，夫人，致以我诚挚的赞美。而且，热巧克力里没有下毒。"

佩蒂塔礼貌地点了点头。对这种人根本不必这么客气。

我勉强地笑了笑,"好了,博士,我们现在可是在中立地区。"

博士凝视着我。

"来吧,我们来讲讲道理。"我摊开双手。

博士猛地拍了拍桌子,杯子都被震得跳起来,几滴热巧克力洒了出来。"我一直很讲道理。罗瑞在哪儿?"

"他……不太方便见你。"

"什么意思?你绑架了他?"

"哪儿的话!我很抱歉……"我很难说出口。即使面对自己不待见的人,向其告知噩耗也并非易事。我一直讨厌给别人带来痛楚,不管是肉体上还是精神上。有时候,噩耗就像是给予肉体的暴击。

"你的朋友威廉姆斯先生……"我继续道。

"你对他做了什么?"

"什么也没做,请相信我,先生。只是……他的情况不太乐观。"

"什么?!"博士脸色刷白。

我极其坦诚地说:"他的肺痨已经到了晚期。"

博士欲言又止,转而望着我。我欣慰的是,他并没有说出"你骗人!""一定是搞错了!"之类的话。他只是望着我,然后点了点头。

"是你干的吗?"

"不是,我向你保证。我以希波克拉底誓言发过誓,绝不会做伤害他人之事。"

"那他是……怎么得病的?"

"你知道的,我穷尽一生都想找出病因,搞明白人们为什么会患上这种致命的疾病。"

"只是……"博士站起来,望向远处的大海,"太巧合了。"他指出的这一点也一直困扰着我。他想让我关停诊所,而这里又是治愈他朋友的唯一希望。

"和我没关系。"

"可是……可是……如果我告诉你,有一股力量在幕后操控着一切,把我们逼到了目前的境地……呃,你明白我的意思吗?"

"我明白,当然。"

"那么如果我说,不管你得到了什么承诺,都不要相信……你会听我的吗?"

在回答博士的问题之前,我仔仔细细地把他打量了一遍,不禁想,他到底是哪号人物?

"为了推动医学进步,我已经奉献了毕生的精力。"我告诉他,"你一定发现了,冥冥之中命运之手也推了我一把。想想看,那些伟大的发明都是由一个个美妙的意外推动而成的:木头滚下山坡,让人发明出轮子;动物的脂肪令火堆熊熊燃烧,让人发明出蜡烛;面粉在酷热的天气里发霉,让人发明出面包……我们不妨想象一下,在这些奇思妙想的背后,有一只不可思议的命运之手正在有条不紊地推动着……在极其偶然的情况下,我们得以窥见它的移动。"

博士固执地摇摇头,"命运之手不会让我的朋友得病。"

"或许它这么做,是为了能够让你看清全局。"

"那么……我还得感谢你治疗他了?"博士站起身,"谢谢你们的热巧克力,比拿枪指着我好多了。艾米可以见见他吗?"

我摊了摊手,"当然可以。"

罗瑞的故事

海滩上狂风大作,我窝在轮椅里。艾米俯下身,"嘿,亲爱的,我帮你把毯子盖上。"

"谢谢。"我说,尽量止住咳嗽,"一旦你习惯了,也不觉得外面有多冷。"

她点点头,"是啊。"

"你的样子真美,"我对她说,"被风吹乱了头发的样子。"

她笑了笑,"谢谢。你感觉怎么样?"

我咳了几下,勉强挤出微笑,"我很害怕。"

远处传来阵阵歌声——一种奇怪的、不成调的旋律——我对此依稀有点印象。

她抱住我说:"我也害怕。"

"我有点茫然……在利德沃斯,可没有多少人患上结核病。"

她笑着说:"的确。"

"我对这种病了解得不多,就像黑死病一样。"

"是啊。"

"我很庆幸自己对它一无所知。医护人员是最糟糕的病人，因为我们总是知道接下来会发生什么，真令人惶恐。"

"不过，你已经做得很好了。"她安慰地捏了捏我的肩膀。

"或许吧。我只是坐在这里罢了。"我艰难地耸了耸肩。

"也许这是件好事。"

"你真的这么认为吗，艾米？"

"我不确定。这一切太古怪了，好像即将发生什么可怕的事情。"艾米停了下来，不安地稍微舒展了一下身体，"只是……你觉得博士做得对吗？你认为这一切都应该被制止吗？"

我看着艾米，又看了看海滩，一小丛草在狂风中瑟瑟发抖。远处，坐在躺椅上的病人们面朝诡异的大海，或是睡觉，或是点头，或是小声嘟哝。

"我不知道。我太害怕了，无法正常思考。"我顿了顿，"我的意思是，我知道博士应该会来救我，但又不太确定。"

"你相信他吗？"

"只要你相信他就够了。"

"好吧，如果……如果我说我觉得他错了呢？如果我说……我觉得这家诊所并不算太糟糕呢？博士想要关停这里，让所有人都求生无路。我的意思是，他不应该这么做，对吧？"说完，她整理了一下我的毯子。

我笑道："我们穿越时空本来是为了拯救星球。"

艾米重复了一遍我的话,然后点点头,"是吗?"

"问得好。其实,博士从来没有直接讲明这一点,但我们总是遇到这种事,不是吗?我们突然出现在某个地方,等到离开的时候,一切通常会有所好转。你还记得那家咖啡馆吗?"

"哪家?"

"就是连煎蛋卷都不会做的那家。"

"哦,记得。"艾米不自然地笑了,似乎是在取悦我。

"我记得博士说:'克劳德,不打破鸡蛋是做不出煎蛋卷的。'他一边教那个人做美味的煎蛋卷,一边给我们讲他和拿破仑、丘吉尔还有克莉奥佩特拉吃早餐的段子。我们吃了好多煎蛋卷呢。"

艾米点了点头,咧开嘴笑了。

"重点是……要不是博士出马,我们可能连煎蛋卷都吃不上,但与此同时……"

"那样做就得打破鸡蛋。"艾米替我说完。

"没错。"我说。

我留意到,浓雾渐渐顺着海滩涌来,发出微弱的光芒。

"它们来了。"艾米说。

"是的。"

"你害怕吗?"

"有一点。"

"别怕,我在这里陪着你。"

艾米搂着我,让我感觉好多了。浓雾在我们周围弥漫开来,呈现出诡异的绿色。

"艾米——"

"嘘……"

罗瑞·威廉姆斯,窝在轮椅里,即将被浓雾吞噬。另外忘了说,我是被绑起来的。

除此之外,还有一件事。

"你不是真正的艾米,对吧?"我说。

"嘘,别说话。"她在我耳边低语。然后,浓雾笼罩了我们,整个世界不复存在。

布卢姆医生的日记

1783年12月7日

厚颜无耻！

科索夫告诉我鲍里斯王子在召唤我。召唤！我又不是他的仆人！

我本来不想去，但佩蒂塔催促我说："你要是不去，场面会很难看的。实际上，整个诊所都要靠他养活呢，亲爱的。"

她的话总是那么在理。

我慢吞吞地走到鲍里斯王子的套房。他坐在那里，一脸疲惫，露出了淡淡的微笑。

"你感觉怎么样，尊敬的殿下？"我习惯性地摆出最好的职业态度。

他客气地挥了挥手，"天哪！布卢姆医生，我感觉太不可思议了！我和科索夫……"他笑着说，"真是太感谢你了。"他闭上眼睛，看起来疲惫不堪。这个讨厌的男人真是太懒散了，我很惊讶他竟然还会呼吸。"我感觉自己精神焕发。"他打着哈欠对我说。

"好的，先生。"我说。老实说，我可没时间应付这个。此刻，威廉姆斯先生正在海滩上向诡谲之海吐露着一切，而博士和艾米很快就会对我有求必应。可是现在，我得小心地侍奉眼前这个哈欠怪人。"请问有什么需要我效劳的吗？"我尽量掩饰住不耐烦的语气。

鲍里斯王子似乎眯了一会儿，然后狡黠地睁开眼睛。

"实际上，布卢姆，我才是那个能够帮到你的人。"他得意地笑着说，"这么多年来，我终于恢复了自己本来的样子，大脑更清醒了，肺部也充满了新鲜空气。这一切都要归功于你。所以，我想送你一件礼物。"他压低声音说。

他将手伸进抽屉，从里面拿出一个由细布包裹的包袱。他夸张地掀开细布，将里面的东西抖在放早餐的托盘上，发出一声响亮的金属撞击声。

我盯着那个东西，一脸惊恐。

鲍里斯王子看到我的反应，嗤笑道："哦，不至于吧，布卢姆，你之前肯定见过这类玩意儿。"

我摇了摇头。

"没关系，你会喜欢的。这是圣彼得堡的一个银匠专门为我打造的。"

"你竟然把它带到我这里来？"我惊呆了。这个问题蠢得显而易见，他当然这么做了。托盘上，一把手枪格格不入地摆在蛋壳、冷掉的土司和茶匙之间。

鲍里斯王子甚至懒得回答我的问题。他把手枪拿起来，细细端详，"这把枪很漂亮，布卢姆，你很快就会用到它了。"

"绝不可能！"我不假思索地大喊道。

鲍里斯王子若有所思地点点头，"你很爱你的夫人，对吧？"

我十分愤懑，要他解释清楚。

他清了清嗓子，"我无法假装自己未卜先知……但是布卢姆，我有种预感，有什么不好的事情即将发生。很快，有人会动手杀了你的夫人。我由衷地希望他不会得逞，可万一……"他把冰冷的手枪放在我的手中，"我希望你能够保护好自己。"

他的话令人难以捉摸。我看着他，又看了看手枪，然后再次盯着他。他的眼睛一眨不眨。

他严肃地点点头，像是在发号施令，"听我的，布卢姆，带上这把枪。"

我将手枪揣进口袋，有些不知所措。我从未碰到这样的情况——一个男人告诉你有人要杀了你的夫人，随后递给你一把手枪——从来没有。我故作镇定地和他谈论起枯燥乏味的病情，甚至帮他把枕头拍松，然后以最快的速度离开了他的套房。

下楼时，我感觉手枪沉甸甸的。每下一层台阶，手枪似乎都想伺机从我的口袋里挣脱出来。

最后,我艰难地回到书房,一屁股坐在椅子上。

等确定四下无人后,我从口袋里掏出手枪,在烛光下不停地摆弄着。

很快,有人会动手杀了你的夫人……

艾米记事簿

我木然地坐了下来。

博士重复了一遍刚才的话,但我的脑袋里一直嗡嗡作响。

"我感觉好冷。"我摩挲着胳膊说。

这似乎不是博士所期待的回答,但事实就是如此。

"你听到我说的关于罗瑞的事了吗?"他放慢了语速,耐心地说。

我点点头,"听到了。但是我感觉好冷,真的很冷。"

"我知道了。"博士环顾了一圈玻璃暖房。外面天寒地冻,似乎正下着雨夹雪。大颗大颗的雨珠重重地打在脏兮兮的玻璃屋顶上。霉菌遍地都是,甚至长到了屋顶。

我相信到了夏天,玻璃暖房一定温暖宜人,可现在里面的每一株植物看上去都需要一条毯子和一杯热巧克力。这里并不像温室,更像是一个建在诊所一侧的花棚。

博士站在我面前,满心关切地搓着手指。

"我没事,博士。我没有被吓坏,只是想知道我们接下来该怎么办？"我深吸了一口气，"所以，罗瑞快死了吗？"

"呃……"

"是不是？"

"他……艾米……我很抱歉……"

"没关系，我只是想知道实情。我可以见他一面吗？他在哪儿？"

"我不知道。"

"什么？总是这样。我们就不能从塔迪斯里给他弄一点太空药品吗？"

博士的脸沉了下来，"呃……"

"怎么了？"

"我找不到塔迪斯。"

我一下子气得不行。我的丈夫即将离世，我们还被困在过去，可博士看起来却波澜不惊。"有人把它偷走了？！"

"不，不是这样。"博士面露尴尬之色，"是设置问题。一旦塔迪斯感觉到危险，就会自动转移。"[1]

"这是谁的天才点子？"

博士尴尬地吞了一口唾沫。他总是声称自己来自宇宙中最先进的种族，有时候，我对此相当怀疑。

---

1. 敌意行为置换系统，能自动将塔迪斯移出危险环境。

"好吧，构想的时候的确是个好主意，但当你长期处于'杀了博士！'的危险又急需塔迪斯时，它忽然向左跃迁几百米确实很让人头疼。所以，大多数时候我都会关闭设置。但当我们坠毁时，曲速传送线圈上的缓冲器过载，导致设置自动开启了。敌意行为置换系统，我才不想念你这个老家伙。"博士笨拙地摆动着胳膊。

"那塔迪斯到底在哪儿？"我质问道。唯一能够用来拯救罗瑞的东西不见了，博士看上去有点尴尬。

"呃……"他似乎唯独这个问题不想回答，"毫无头绪，我想它在时间上发生了位移。"

"这么说，它帮不了我们了？"

"也不一定，它应该没有跑远。"他竖起两根大拇指，仿佛这是个好消息，"翻译模块还在工作，这就意味着你不必急着学法语，而我也不必急着学英语。这很重要。"

"等一下……什么？"

我们都见过以下这种情形：蹒跚学步的孩子在超市里蹿来蹿去，一个劲儿地缠着大人问各种问题，比如"为什么橘子是橙色的？"或者"我可以吃一块饼干吗？"，而大人则不怎么理睬，只是继续购物……有时候，只是偶尔，我想知道博士是不是也这样看我——我大声喊着"救救罗瑞！我们被困在时间里了！"，而他却在查看一袋消化饼干的有效期。

"此时此刻，塔迪斯在哪儿真的不重要。"他仿佛读懂了我的想法，"重要的是，塔迪斯要么即将出现，要么被知交客找到。"

"好吧，总之，我们没法从塔迪斯里拿药，罗瑞活下去的最大希望只能寄托在布卢姆医生身上。"

博士看上去有点紧张，"有时候，当别人告诉你某些你不想听到的消息时，如果仔细想一想……呃……"

我感到浑身发冷，恐惧突如其来，"他不会在海滩上吧？"

博士忧郁地点点头，"我想是的。"

我推了推他的肩膀，"你疯了吗？我们快去救他！"有时候，他就是需要逼一把。

"不行。"

"什么？"我的胃一阵痉挛。博士不能这样做，他不明白罗瑞对我有多重要。

博士解释道："太迟了，如果他在海滩上，那我们绝不能过去。它们正在读取他的思想。"

"可是，我们去过很多次了。"

"每一次都是我在帮你屏蔽它们。"博士换上那种"通情达理"的语气，真让人恼火。"艾米，如果它们已经开始了，那我无法阻止。"

"它们会对他做什么？它们想知道什么？"我绝望地说，"罗瑞只知道自己的事情。"

博士轻抚我的下巴,"不只是他自己的那些事,庞德,再也不是了。他了解宇宙和时空,了解你和我,甚至塔迪斯。想想吧,他能告诉它们所有事情。"

博士说得没错。

我挣脱博士,冲向门口。我要到海滩上拯救我的丈夫,现在就去。

博士一把抓住我的头发。一瞬间,我像卡通人物一样突然后仰,然后疼得叫了出来。

"对不起。"他说。

我开始打他,冲他大喊大叫。博士抱住我,始终不松手。我留意到窗外暴风雨将至,海伦娜正在走廊另一头拉着大提琴,而地毯真的需要打扫了。但最重要的是,我对博士大发雷霆。

他身体前倾,将我们的额头贴在一起,"想想吧,"他的声音非常温柔,"想想你知道的一切,我知道的一切,以及……罗瑞知道的一切。"

我喘不过气,感觉自己害怕极了,然后一下子打起了嗝。

我愤怒地盯着博士,"他没有你知道得那么多,甚至不如我多!"我在打嗝的间隙大喊道,"够了,我要去海滩上。既然你这么懦弱,那就我去换回罗瑞。"

博士听完最后一句话,畏缩了一下。

我又打了一次嗝。

"艾米·庞德，"他说，"试着屏住呼吸。"

"我没法屏住呼吸！救人更重要！罗瑞的大脑正在被清空，而我们却站在这里——"

"打嗝。"

"对。"

我们就这样站着，怒目而视。我又打了个嗝。

"说真的，"博士耐心地说，"我知道现在说这个不合适，但是，试着屏住呼吸。"

我依旧打着嗝，生气地看着他。

"虽然罗瑞知道不少事情……但还远远不够。他就像美味的小点心，能够更加激起它们对我的兴趣。这也意味着，它们不会对他下毒手。"

"嗝。"我盯着他。

"老实说，他会没事的。"博士露出微笑，"它们会治愈他，而且会不惜一切代价让他活命。因为一旦读取了他的思想，它们就会意识到自己绝不能激怒我。"

我点点头，然后又打了一个嗝。他用冰冷的手轻抚我的脸。

"我很抱歉，艾米·庞德。"博士的笑容消失了，"我知道这么做不对，但这是我能想到的最好的解决办法了。"他抓住我的肩膀，"有时候，我能力有限。我为罗瑞感到抱歉，也为眼下的选择感到抱歉……"

博士不知从哪儿弄来了冰块，让它顺着我的后颈滑了下来。我倒吸一口冷气，止住了嗝。

"完美。"博士挠了挠我的下巴，"成功解决一个问题。要是余下的问题也像这么容易解决就好了。"

布卢姆医生的日记

1783年12月7日

冒昧地说，我只想平静地度过每一天——这个要求真的不过分吧？

一切如常，事情都在按照计划顺利进行。诡谲之海向我保证，只要读取了威廉姆斯先生的思想，它们就能够知晓一切，而我也遵从了它们的所有指令。我们做了一笔交易：我为它们提供病人，而它们会为我治愈这些人。

我时常怀疑自己做的事情是否正确，但幸运的是，我有佩蒂塔。她永远在我身边握着我的手，告诉我这么做是为了造福更多的人。

可是，并非一直如此。有时候，我把急需接受治疗的病人推到海滩上，结果只收到"恐怕他们没有我们想要的东西"这样的消息，然后只能眼睁睁地看着他们病逝。

起初，诡谲之海无所不纳，来者不拒。渐渐的，它们变得挑剔起来。

我的兄弟非常挑食，只吃没有刺的鱼、特定部位的肉、胡萝卜，还有土豆。有意思的是，这个挑剔的家伙倒是从不拒绝布丁。诡谲之海也是如此，只要权贵、军人，或者政府要员，而且要个没完。

我也曾质疑过几次，"说实话，这些大人物已经够多了，你们就不能治疗一下其他人吗？"

可它们的回答往往是："快了，快了，但首先得让我们弄明白你们的世界。我们还需要更多的人。"

于是，我只能继续投其所好。

我得承认，我的行为违反了医生的救人准则。我本应该无视身份或者地位，平等地治疗每一个人。不过，给诡谲之海来一场关于医德的演讲真的有用吗？我还记得这样一个故事：一位国王为了证明自己至高的权力，跑到岸边大喊大叫，想要阻止海浪奔涌，结果淹死在了海里。我的境况与之如出一辙，诡谲之海早已明确表示自己不打算听从命令。它们确实友善，但也相当固执。

它们对鲍里斯王子非常感兴趣，因此专门指派科索夫一直跟随他。"这个人……勾起了我们的兴趣。他的家人十分冷血，他自己则相当懒惰。可是，在那副懒散的外表之下，隐藏着一个军事天才。一旦为我们所用，他将做出巨大的贡献。我们迫不及待地想要治愈他，不只是身体，还有头脑。"

我别无选择,只好遵从它们的指令。

现在,我终于可以坐下来,安静地盯着火堆,思索每一件事。我们正从可怜的威廉姆斯先生身上了解所需的一切,也将鲍里斯王子置于科索夫的严密监控之下,甚至还抓住了博士的把柄——如果他不帮助我们,威廉姆斯先生就无法康复。

一切迹象都表明胜利在望,有时候,坐在壁炉前欣赏自己的胜利之姿真是令人惬意。只不过,那把手枪和鲍里斯王子的警告仍然让我忧心忡忡。

很快,有人会动手杀了你的夫人……

我尽量不去理会这个念头,可它在我的脑海里不断地浮现。即使坐在壁炉前,我也无法享受片刻的安宁。

艾米记事簿

  当我们走进休息室时，昔日的四重奏不复存在，只剩海伦娜一边咳嗽，一边拉着大提琴。零零散散的病人坐在轮椅里，全都面如死灰。他们牢牢地抓着扶手，像是把生命紧紧攥在手里似的。角落里，一位没有牙齿的老太太咕嘟咕嘟地喝着肉汤，仿佛在享用人生的最后一餐。

  "看来，并不是每个人都得到了治疗？"我问博士。

  他难过地耸耸肩，"对，只有大人物。这也是我不喜欢诊所这样做的另一个原因。"

  "你确定罗瑞百分之百安全吗？"

  "当然确定。"博士挥舞着胳膊，"他无法提供什么有用的东西。别担心，相信我。当它们发现自己一无所获时，自然会放他走。特别是等我办完接下来这件大事之后，一切都会没事的。"他搓了搓手，大声地清了清嗓子。

  海伦娜停下演奏，房间里一片寂静。

  "女士们，先生们，"博士开口道，"请听我说……"

眼下的情形就好像赫尔克里·波洛[1]把所有人召集到一起,然后宣布凶手是谁一样。虽然没人搭理博士,但他还是继续说了下去。他解释了很多事情,比如他是谁,病人们为什么在这里……诸如此类。

"最重要的是,所有人都患上了一种极其可怕的疾病。为了得到治疗,你们来到了这里。可坏消息是,治疗将不再有效了。"

此时,几个护士悄悄溜进房间,露出了看热闹的表情。博士继续说:"人终有一死,遗憾的是,你们的大限将至。布卢姆医生是个了不起的男人,可惜他的治疗方法是不被允许的。"

海伦娜·艾尔奎缇妮费力地站了起来,瘦削的身体晃晃悠悠。她用琴弓指着博士,仿佛想要说些什么,但又坐了回去。

一个皮肤苍白的高个子男人冲博士吼道:"你说我们快要死了吗?"他苦笑道,"这件事我们早就知道了。不过,有些人因为这家诊所而重新燃起了希望……期盼有一天自己或许能够痊愈。"

博士畏缩了一下,"不好意思,我刚刚夺走了你们的希望。"

眼下的情况急转直下,相当糟糕。

"真难对付。"我低声对博士说。

他转过头来瞪着我,"别这样说,艾米。"

---

1. 英国推理女王阿加莎·克里斯蒂笔下的比利时侦探。

我皱起了眉头。

他又转了回去,开始在屋子里慢慢踱步,仿佛拥有无限的时间。他带着友善的语气,耐心地和每一个人交谈,想要努力解释清楚,并说服他们接受自己命不久矣的事实。我得说,他做得很好,看上去像是在开导和鼓励大家,实际上却在传递最糟糕的坏消息。

与此同时,我注意到其他病人也悄悄来到了这里。内维尔先生走了进来,后面跟着奥丽维娅。此时,博士正在和一位瘦弱的老人说话,后者伤心地摇着头。我提醒博士时间不多了,我们得走了。

"他们的时间也不多了,艾米。"博士将老人身上的毯子扯平,又拍了拍他的膝盖。

奥丽维娅站在一旁,气得浑身发抖,"万一你是在说谎呢?"她伸出一根胖乎乎的手指对着他。

博士凝视着她,一动不动,如同暴风雨来临前那般平静。

"奥丽维娅,我没有说谎,你心里很清楚。抱歉。"他拍了拍她的肩膀。

内维尔先生看上去吓坏了。他虽然体格庞大,而且上了年纪,但此刻却像一个胆怯的小男孩一样。奥丽维娅用力握住了他的手。

就在这时,布卢姆医生在他夫人的陪伴下隆重登场,二人似乎都气得不行。布卢姆医生正准备开口,却被布卢姆夫人抢了先。

"博士！"她大喊道，"你在做什么？"她微笑着环视整个房间，"你还有完没完？你真的不能再随意走动了，明白吗？"她一把拽住博士的胳膊，"这个可怜的男人撞伤了头，趁脑袋还没彻底坏掉之前，我们得马上带你回房间。"她着重强调了"彻底坏掉"这几个字眼，"还有你，庞德夫人。"她的声音宛如涂了糖浆一般甜腻，"庞德夫人，你还患有重度脑震荡，就这样跑来跑去真让人担心。如果不多加注意，明天一早恐怕就得给你们收尸了。"

我吃了一惊，她显然是在威胁我们。我挑了挑眉毛。

她微微点了点头，看起来十分僵硬。这个动作的潜台词是：是的，我知道你们在玩什么把戏。不过，游戏到此为止了。

奥丽维娅·艾尔奎缇妮站起身来，"布卢姆夫人、布卢姆医生，博士刚刚说的事情太吓人了！"

终于轮到布卢姆医生出场了，他的声音平稳而温暖，"别担心，女士，这个可怜的男人已经病入膏肓了！"他轻轻地笑了起来，像是在讲什么笑话，"你瞧，他居然以为自己是个医生！"博士也跟着笑了起来，吓了我一跳。

博士拍了拍布卢姆医生的后背，"完全正确，太可笑了。我只是想来告诉这些病人，他们命不久矣。另外，你的笑话讲得真不错。"

刚才那个瘦弱的老人抬起头，眨了眨哭红的双眼，"那我们还可以吃上大米布丁吗？"他的问题可真奇怪，我也想知道答案。

"可以。"博士厉声说，冷冰冰的语气中夹杂着一丝怒意，"除了大米布丁，还有面包呢。"

布卢姆夫人又拽了拽他的胳膊，却发现自己抓的是他的外套。博士本人早已脱身。

他阔步走到房间中央，"布卢姆医生，你确实很了不起，可是，你现在努力的方向是错的。这是一条捷径，一条注定行不通的捷径。我的建议是，你可以继续让病人呼吸新鲜的空气，得到充分的休息，并保持良好的卫生，但别再让大海里的那个东西治疗病人了。停手吧，我恳求你别再这么做了，这种治疗方法是行不通的。"

布卢姆医生露出"捉住你的马脚了"那种微笑，"如果你说治疗方法行不通，"他说，"那为什么还让我治疗你的朋友威廉姆斯先生呢？"

"啊。"博士哑口无言。病人们七嘴八舌地议论起来，向他提出抗议。

布卢姆夫人立马来到他身边，将外套披在他的肩上，"博士，你都开始满嘴胡话了，我们得让你赶紧回床上休息。走吧，别再说些耸人听闻的事情了……"

博士平静地开了口，语气十分温柔："我之所以让你治疗罗瑞，是因为他本就不属于这里，也绝不应该得病。而且，他对艾

201

米来说太重要了，我不能让他出任何意外。"

"可笑。"布卢姆夫人假意关切道，"你看不出自己现在有多糊涂吗？天哪，真可怜！或许你需要好好休息一下，等大脑恢复清醒。"护士们渐渐靠近，将博士团团围住。我怀疑这个时代已经发明出了软垫病室[1]。

"哦，非常好。"博士皱起眉头，"原来你是故意这么做的，对吧？你让罗瑞遭受传染，这样就可以……可以……"他颓然倒下，被护士稳住了身体。我感觉有人抓住了我的胳膊。好吧，一切都结束了，我们尽力了。

布卢姆医生皱起眉头看着博士，"我没有！"他不安地反驳道，"你得相信我。"

博士直视着他的眼睛，"不，不是你。如果你没有这样做，那到底是谁干的呢？"

两个人都沉默了下来。

布卢姆医生支支吾吾地说："我……我不知道……"

博士点点头，"这里面另有隐情。布卢姆医生，你以为自己处在蛛网的中心，但你只不过是上面的一只虫子。那么，谁才是那只蜘蛛呢？"

布卢姆夫人捏了捏他的肩膀，"我的丈夫相当重要。"

---

1. 墙面及地面都用减震软垫覆盖，以避免病人撞伤身体。

"是的，没错。"博士看上去有点不耐烦，"可是……操控这一切的其实另有其人，对吧？"

突然，布卢姆夫人和病人们全都一动不动地待在原地，场面十分诡异。

"哦，"博士开口道，"真有趣，原来它们一直在偷听。"

"什么？"

博士挥舞着双手，"看看这些人……有什么邪恶的东西已经侵入了他们的大脑。"

病人们静默地站在原地，面无表情地盯着我们。

"呃，布卢姆医生，"博士低声说，"请认真听好我接下来要说的话……你的病人们都不太对劲。"

"怎么会呢？"布卢姆医生看上去很困惑。

突然，病人们全都走动起来，拖着步子向我们逼近，整齐划一地举起了双臂。落地窗砰地打开，大雨倾泻而入，蜡烛也被风吹灭了。然而，房间里依然亮着光……诡异的绿光从地上缓缓升起。

博士看了看布卢姆医生，又看向病人们。

"好吧。"他说，"有趣极了，一共有五十七种变体。布卢姆医生，你唤醒了大海里的某种外星生物，它们原本非常善良，还会治疗疾病。可是，有人操控了它们，不仅没有治愈病人，反而干起坏事来了。"

"真的吗？"布卢姆医生问。

艾尔奎缇妮姐妹中的一个缓缓转向他，让浓雾从嘴巴和衣服里喷了出来。与此同时，在整个房间，绿色的浓雾从其他人的衣服里涌出，散发出阵阵恶臭。

这幅可怕的景象吓得内维尔先生从恍惚中惊醒。"奥丽维娅！"他吼道，"她怎么了？"他质问道，"是你干的好事吗，先生？"

"不是。"博士不安地说，"那种生物和病人之间存在一种强烈的心灵感应。一直以来，有人利用这种感应来操控他们……"

浓雾之中突然划过一道闪电，仿佛在室内刮起了暴风雨。

"糟糕。"博士摇摇头，把我们护在身后，"我得切断这种心灵感应才行……这可不妙。"

内维尔先生站在原地，双手发抖，"先生，我有枪！"他高喊着从口袋里掏出了一把手枪。

"别对着浓雾开枪。"博士厉声说。

"管他的！"内维尔先生咆哮道，"我一点也不在乎，就是要给它们点颜色瞧瞧。"博士正准备推开他拿枪的那只手，一道闪电突然劈了过来，不仅击中手枪，而且还把内维尔先生卷入了圣艾尔摩之火[1]中。他像愤怒的癞蛤蟆一样疼得大喊大叫，最后

---

1. 一种自古以来就常在航海时被观察到的自然现象，经常发生于雷雨中，在如船只桅杆顶端之类的尖状物上产生如火焰般的蓝白色闪光。

停了下来。

渐渐的，光线暗淡下来，除了从内维尔先生口中喷出的绿色浓雾之外，周围一片漆黑。

"室内的暴风雨。"我说，"它们是怎么做到的？"

"一会儿告诉你。"博士抓住我的手，"我要你们全都离开这里……"

又有浓雾从窗外涌了进来，弥漫在每个人的脚边，散发出微弱的绿光。

我感觉有什么东西在我的大脑里搅来搅去，顿时动弹不得，只能绝望地看着博士。

博士似乎也意识到了，"你们快走，它们要找的人应该是我……"他转身向浓雾喊道，"来啊，过来啊，快来读取我的思想！"

"你在做什么？"我质问道，感觉双脚勉强能动了。

"把它们吸引过来。快跑！"博士站在原地，只身面对那些病人，后者正拖着脚步一点点向他逼近。

"好吧。"我说，"大家快跑。"

我们刚跑到门口，就听见了博士的惨叫。不管发生了什么，他都在罹受巨大的痛苦。

布卢姆医生的日记

我不知道我们是怎么从房间里逃出来的，但回过神时已经身处走廊，躲在一株植物后面。

我看不到博士或者艾米的身影，只听见从休息室里传来雷鸣般的隆隆声。我还听到佩蒂塔在啜泣。

"究竟发生了什么？"我大叫道。头一次，我了不起的夫人回答不了我的问题。

"太可怕了，可怕至极！"她哭着向我靠拢，身上残存着玫瑰花瓣的味道，"仿佛有什么东西在我的大脑里搅来搅去。"她吻了我，"哦，约翰，我好害怕。"

很快，有人会动手杀了你的夫人……

我赶紧把这个念头从脑子里赶走，指着身后闪着磷光的休息室，"究竟发生了什么？哦……病人们……"

佩蒂塔痛苦地捂着脑袋，卷发被晃得散落下来，全都垂在了她的脸上。我从未见过她披头散发的样子，看起来……美艳动人……

"有什么事很不对劲，"她低声说，"我能感觉出来。不知怎么回事……我的大脑……诡谲之海好像不太高兴。有人醒了，正在操控……"

我没有别的办法，只能紧紧地搂着她。

艾米记事簿

当我们跑出去的时候,一阵电闪雷鸣般的巨响从休息室里传了出来,十分吓人。我对打雷下雨向来没有好感,但室内的动静比这还要可怕,仿佛有暴风雨正在肆虐。

博士追上我,双手捂着头,"天哪,"他呻吟道,"太疼了。"

博士一边跑,一边喋喋不休地说:"有什么邪恶的东西控制了诡谲之海,我们必须阻止它们。既然我们陷入了这么大的麻烦,赶紧说些鼓舞人心的话,艾米。"

"说不出来。"我拼尽全力跟上他的步伐,"但它们是怎么制造出了暴风雨呢?"

突然,博士停了下来。他看着我,脸色一片惨白。

"艾米,"他说,"你还记得我说罗瑞没有任何危险,我们不必为他担心吗?"

我讨厌他现在说话的这副样子,活脱脱一个偷走别人圣诞礼物的讨厌鬼。我瞬间觉得胃里一阵恶心,极度悲伤、痛苦不堪的感觉涌上心头。强烈的预感告诉我:事情绝无好转的可能。

在这种情况下,我对接下来的走向一清二楚。来吧,不妨让我们预演一番:

1.我会说:"那现在我们就去救他。"

2.博士会说:"好吧,但是……"

3.接着,他会列出十四件排在"拯救罗瑞"之前的事情;

4.然后,他会解释为什么这些事情比"拯救罗瑞"更重要;

5.通常情况下,这份列表里还包括救助受伤的小狗;

6.以及避免一辆满载老奶奶的公交车爆炸;

7.你知道我的意思;

8.所以,我们得先处理这些事情;

9.毕竟,这些事情都相当重要;

10.那么,"拯救罗瑞"就放到最后再做吧。

我注意到,博士正打算解释一番。趁他还没来得及开口,我低吼道:"哦,跳过你的长篇大论!"然后冲向了海滩。我要去救罗瑞。

玛丽亚的来信

圣克里斯托弗
1783年12月7日

亲爱的妈妈:

我好害怕。有一阵子,只有我一个人待在诊所里,四处一片寂静。我在自己的房间里写信、看书,没有出去惹麻烦。我透过窗户看着远处的海滩,除了漫天的浓雾,什么也看不见。我刚把给你写的信放进信箱,就听到身后传来脚步声。

艾尔奎缇妮姐妹站在那里,挡住了我的去路。她们看上去不太对劲,脸上没有笑容,只是面无表情地站在原地。

我试着和她们说话,却没有得到回应。

她们左右转动着头,就像寻找猎物的小狗一样。对了,就是这样,这对姐妹正在狩猎。

妈妈,我吓坏了。

我本不想朝她们走过去,但为了离开这里只能那样做。我将后背紧紧贴在墙壁上,侧着身子一点一点挪了过去。

她们的头同时转了过来，随着我的动作慢慢移动。姐妹俩露出微笑，看起来冷漠而空洞。

我从她们身边挤过，头也不回地跑走了。我知道她们还盯着我，但显然并不想抓我。这就意味着，我可以一直跑下去，不会有事。

不管我跑到哪里，都会遇上那些病人。他们在走廊上非常缓慢地向前挪动，整齐划一地搜寻着，就像饥饿的鬼魂一样。

见此情形，我决定冲回自己的房间。一步，两步……我蹑手蹑脚地爬上楼梯，听见脚下的木板嘎吱作响。我尽可能鼓足勇气，保持冷静，告诉自己不要害怕，这些都没有在雷雨中入睡可怕。

我好不容易上到第一个平台，转身就看见一个病人安静地候在那里，是那个可怜的奥地利人。他不会下国际象棋，牙齿都掉光了，还歪着嘴巴。

我吓得双腿一软，猛地拉开橱柜的门藏了进去，浑身发抖。

突然，我发现还有人躲在这里，因为我听到了呼吸声。

接着，一道可怕的绿光照亮了橱柜。我正打算尖叫，立刻被什么东西捂住了嘴巴。

妈妈，那一瞬间真是太可怕了。但请不要担心，既然我还在给你写信，就说明我最终安然无恙。

"嘘！"一个声音传了出来。

在微弱的光线下，我看到博士正看着我，面露尴尬之色，因为那道绿光其实是他的音速起子发出来的。

"你好。"他低声说。

"你好,先生。"我也低声回应道。

"抱歉吓到你了。"他说,"我正在躲避一些人。"

"我也是。"

"外面是不是有很多举止怪异的病人在走廊上走来走去?"他问。

"没错。"我严肃地点了点头。

"好吧,"他说,"都是我的错。他们被某种东西控制了,想要找到我。我给他们提供了一小段记忆才得以脱身。他们之间的心灵感应如此强大,令人害怕,必须要打破才行。我可能知道幕后黑手是谁了,可是……不对。"

"那你打算怎么办,先生?"我问。

他呻吟了一声,"为什么总是让我做这种事?"

"罗瑞先生得病了,当然就轮到你了。"我简要地说。

"多谢提醒。"他嘟哝道,听起来并没有很高兴。

"如果有必要,我去把罗瑞先生找来,他知道该怎么做,但我觉得我们不应该打扰他。"

"不必了。"博士说,"他生病了,而且……"他叹了口气,"问题是,我可以轻而易举地阻止这一切,只是办法……有失妥当。"

"为什么，先生？"我问。

博士笑了笑，"好了，玛丽亚，我需要你勇敢地跑出去找到鲍里斯王子，看他能不能和科索夫讲讲道理……科索夫和诡谲之海之间有着强烈的心灵感应，或许他就是操控一切的幕后黑手。先别告诉鲍里斯王子我在哪里，观察一下他能否左右科索夫的行动。这一切糟糕透了，但我想你能帮到我。"他捏了捏我的手。

"别担心，先生。"我向他保证，"我这就去办。"

博士露出了微笑，"谢谢你，你真勇敢。"

"那你准备做什么呢？"

"我准备和布卢姆医生讲讲道理，趁一切还不算太迟。"

永远爱你的
玛丽亚

罗瑞的故事

正如你所知道的那样,我正在和艾米的替身聊天。事实上,好像也没那么糟糕。

不,别用那种眼神看着我。要知道,有些事你是无法告诉别人的,只能写下来。不是因为我不爱她,而是因为我太爱她了,所以没办法说出来。

有一段时间,艾米迷上了在酒吧跳舞。我向来不擅长跳舞,只会绕着啤酒瓶跳点吉格舞,但艾米就不一样了,她会手舞足蹈地跳上好几个小时,甚至熟知《单身女郎》里的所有动作。不过,利德沃斯没有真正的酒吧,我只好担任司机送她去别的地方。我总是站在角落里,轻轻晃动着杯子里的橙汁,艾米则沉浸在干冰营造的雾气中又笑又跳。她玩得相当尽兴,而我却勉强挂着笑容。我之所以这样做,是因为我爱她。如果我表现得很无聊,她可能会离开我,而我不想看到这种事发生。因此,我就这样和橙汁待在角落里,希望结束后能顺利离开"纽约"。顺便一提,"纽约"其实是酒吧的名字。

实际上，我们在宇宙中的旅行也是如此。别误会我的意思，总的来说，时空旅行还是令人惊喜。但有时候，只是偶尔，当我想提议去某个地方时——不是什么重要的地方，可能就是一颗普通的星球——却发现自己待在太空佛罗里达的酒吧里，一边喝着温热的橙汁，一边望着博士和艾米跳舞。

现在，博士和艾米都不见踪影，我被他们抛弃了。也许，他们已经登上塔迪斯（"那是什么？"一个声音在我耳边窃窃私语），把我忘在了脑后……没错，他们已经穿越了时空（"时空？"那个声音继续说），把我留在海滩上和艾米的替身聊天，而后者正在认真地听我讲话。

"话说回来，"我说，"你介不介意说说你们的计划？"

"傻瓜。"她轻轻刮了刮我的鼻子，"诡谲之海和我会让你好起来的。"她将头歪向一边笑道，"这是你想要的结果，对吧？"

"没错。"我说。我害怕极了，不想在这里死去。"但是……为什么要读取我的思想呢？"

她耸耸肩，"这是我们的治疗方法，亲爱的，我们精于此道。"

"可是……"我催促她说下去。

"聪明的家伙。"她笑了笑，"告诉你，只有在充分读取你的思想后，我们才能治愈你。现在还没法做到，因为时间不够。我这个替身是从你的表层记忆里创造出来的。"

"我的思想？"我说，"为什么要读取我的思想？我没什么特别的。"

假艾米揉乱我的头发，"你当然没什么特别的。"她讥笑道，令人不寒而栗，"我们真正想要的是博士的思想，因为至今还没抓到他，所以只能找你了。"

我想，她的话正好概括了我的一生。然后，浓雾笼罩了我们。

玛丽亚的来信

圣克里斯托弗

1783年12月7日

亲爱的妈妈：

今天真是灾难般的一天，现实不再像童话故事那样美好。我好害怕，也很孤独，要是你能来接我就好了。博士把我派去找鲍里斯王子。我原以为他会说点什么有趣的事情，或者给我一颗糖果，抑或陪我玩纸牌游戏，出乎意料的是，他头一次从床上下来，一言不发地站在窗边，流露出从未有过的悲伤。我走过去，扯了扯他的袖子。

他低头冲我笑了笑，但这个笑容实在太无力了。他把我抱起来，用大胡子在我的脸上蹭来蹭去，直到我笑了出来。

"太痒了！太痒了！"我抗议道。

他把我放下来，轻轻地拍了拍我的头，"你要勇敢起来，小玛丽亚。"他说，"我也是。"

"你的意思是，我们要一起玩纸牌游戏吗？"我问。

他疲倦地点点头，和我走到了牌桌前。他一边熟练地洗着牌，一边细数自己的光辉战绩。他还答应我，要教我打扑克牌。我知道自己还有正事要做，但游戏太有意思了。

一阵急促的敲门声过后，科索夫走了进来。一见到他，我就尖叫着钻到了床底下。科索夫立马跟了上来，将粗壮的胳膊伸到床架下面，"出来吧，你这个小坏蛋！"他吼道。不过，我的动作比他快多了。我扭动身子爬出床底，冲到了角落里。科索夫手脚并用，笨拙地向我爬来。我吓得尖叫起来。

"哎，你们这么做有意思吗？"鲍里斯王子的语气中透出一丝厌烦，同时又带着命令的口吻。

"先生！"我辩解道，"他要杀了我，真的！"

科索夫发出怒吼，挤出一个难看的笑容，"这孩子真不懂事，她需要接受治疗。"

"我不需要！"我激动地反驳道，"我很好。鲍里斯王子，你的仆人不可信，他和布卢姆医生沆瀣一气！"

鲍里斯王子把精致红色晨袍上的腰带系了又系，倚着墙望着我们，"真是一团糟。"他轻笑一声，不知道在笑什么，"你们两个太吵了！"他打了个哈欠，"我是个慵懒的男人，结果到现在也没能睡个好觉。"他像食人魔一样瞪着我，"要是喜欢孩子，我早就结婚了，但我遇到的所有女人都是狡诈的悍妇，只喜欢闪闪发亮的钻石和花里胡哨的衣服。"

"那艾米呢？"

"哈！"鲍里斯王子笑了，"看看她对待罗瑞先生的态度就知道了。"他转向科索夫，"至于你……我的仆人……"

"退后，王子！"我赶紧大喊，"快退后！"

鲍里斯王子微微一笑，迈着小步绕科索夫转圈，手上还扯着晨袍的腰带，"你是来杀我的吗，科索夫？"

刹那间，整个房间陷入可怕的沉默。科索夫鞠了一躬，"我是来服侍你的，殿下。你的健康是我首要关心的事情。"

"是的。"鲍里斯王子抚弄着腰带上的装饰，"说得没错。那么，你多大了？"

科索夫眨了眨眼，"三十五岁。"

"我明白了。如果你现在是三十五岁，那教我骑马那会儿又是多少岁呢？"

科索夫支支吾吾地说："那……那是很久以前的事情了，殿下。"

鲍里斯王子点点头，"我们现在年龄相仿，科索夫。然而，你教我骑马那会儿我只有四岁。解释一下吧。"

科索夫呆呆地站在原地，最后开口道："但是殿下，一定是哪里搞错了……"

鲍里斯王子摇了摇头，脸上顿时失去了光彩，"没有搞错，而且，永远不许反驳我。你多大了？"

科索夫战战兢兢地向鲍里斯王子走去,"求你了,殿下,别这么做。"他流下眼泪,伸出了颤抖的双手。这个大块头正在哀求鲍里斯王子,后者则抱着双臂。

那一瞬间,我第一次意识到他真的是一位王子,而不是那个穿着睡衣的无聊男人。他看起来不再光彩照人,也不再欢乐迷人,而是像刽子手的斧头一样冷酷、锋利。

"告诉我,博士和庞德夫人有危险吗?"

科索夫站在原地,一脸悲伤,但态度坚决。

"布卢姆医生在密谋些什么?"

科索夫摇了摇头。

"好吧。那你究竟是怎么回事?"

科索夫仍然一言不发。

"啊。"鲍里斯王子提高了音调,"科索夫,我亲爱的朋友,你知道吗?我很想回家,即使在天寒地冻的冬天,我也思念家乡的一切:骑在冰冷的马背上穿过森林,奔向熊熊燃烧的火堆,然后煮上一壶滚烫的热茶……最惬意的事情莫过于此。我觉得可以派人运走我的东西,打道回府了,因为我痊愈了。"

科索夫发出一点声响,就像是体内有什么东西爆裂了。他艰难地喘着粗气,像一只受了伤的大狗。

"不过,我要一个人回家。或许,我会在途经巴黎时待上几天,好好享受一番,犒劳一下挨过清汤寡水的身体。回到庄园后,或许我会派人来接你。"

科索夫摇了摇头，汗水从他的额头上滚落下来。可是，那真的是汗水吗？

"又或许，"鲍里斯王子继续说，"我可以给马儿装上马鞍，每天都在森林中骑行。听上去真不错！"

最后，科索夫开口了，听起来有些不安："殿下，我请求你……"

鲍里斯王子耸了耸肩，笑着说："哦，科索夫，我亲爱的科索夫，你并不是真实的。离开吧，去找别的家伙。你只是一个傀儡而已。"

科索夫又向前迈了一步，"求求你……你得相信……求求你了……这是为了你的健康着想……"

现在轮到鲍里斯王子摇头了，他的眼神冰冷忧郁，"不，科索夫，不行。如果你是真正的科索夫，那我绝不质疑你的企图。他像对待亲生儿子一样爱着我，而我也十分爱戴他。我常常梦见自己和他在马厩里干活，多么愚蠢幼稚的梦啊！生活相当艰难，但科索夫是个了不起的男人。至于你，先生，你不是科索夫。所以，我必须像质问每一个别有用心地接近我的人一样问你：你为什么在这里？你有什么企图？"

科索夫张开嘴巴，从里面传出了微弱的杂音。

"回答不了吗？"鲍里斯王子近乎悲伤地说，"我原本希望……好吧，你可以走了。"他转身凝望窗外，背对着科索夫，"我不再需要你了。"

在此期间，我一直蹲在角落里默默地看着。

科索夫在原地站了一会儿。我以为他会大声哭泣，或者大步走开，抑或做点别的事情，但他只是踉跄了一下，然后失去了平衡。他的半边身体轰然倒地，脸像冰块一样渐渐融化并散落一地，身上的衣服也像滚烫的热蜡一样变成液体滴落。

我久久地注视着眼前的景象。这个古怪的庞然大物在解体的同时，发出了可怕的汩汩声，仿佛在哭泣。

更可怕的是，鲍里斯王子居然笑了起来。

就在这时，我逃了出去。

永远爱你的

玛丽亚

布卢姆医生的日记

1783年12月7日

佩蒂塔贴着墙壁坐下来，看上去很害怕，"科索夫……"她嘶哑着声音说，"他出事了。"

"什么？"我问。

她垂着头，将五官藏在乱蓬蓬的头发下，呻吟着说："可能已经太晚了……快去找他，约翰，求你了……"

当我冲进鲍里斯王子的套房时，他正站在镜子前系着领巾，看都没看我一眼。

"啊，布卢姆医生。"他轻声招呼道，嘲讽地将后脚跟咔嗒一声并拢。

我盯着地上那摊东西，它看上去眼熟得可怕。有时，诊所里的猫会在书房的地毯上吐出消化了一半的老鼠，眼下那摊东西与之类似，只不过更大些，还发着光。它微微隆起，上下起伏，上面覆盖着湿漉漉的头发，还散发出一股恶臭。

"那是科索夫吗？"我倒吸一口冷气。

鲍里斯王子眨了眨眼，"可怜的布卢姆医生，你的脸都吓绿了。我还以为医生的胆子很大呢。"

"你对他做了什么？"

"我杀了他。"鲍里斯王子翻了个白眼，一屁股坐在床上，"他治好了我的病，因此，我不再需要他了。"他浮夸地抱怨道，"只不过让他消失罢了，就像对待家里那些农民一样。"他一下子站起来，揉搓着手，"哦，我感觉好极了。对于你的治疗，我真的感激不尽。非常抱歉把你的地毯弄得脏兮兮的。"

我尽可能不去看那摊东西……这个男人怎么了？

鲍里斯王子将双手背在身后，"啊，接下来该说说大海里的那些生物了，它们多不可思议啊！我迫不及待地想要一睹真容。"他郑重地说，"很多年前，父亲派我执行一项……外交任务。这项任务相当艰巨，进展也很缓慢。我花了整整两天时间努力攻克难关，结果到第三天就只能卧床休息了。"他假装打了个哈欠，"我能感觉到，不管它们是什么，都习惯与人温和地打交道。你是一个友善耐心的人，"鲍里斯王子耸耸肩，扯了扯他那讨厌的胡子，"可我不是。"那充满威胁的口吻相当明显。

突然，他笑了起来，像对待宠物一样拍了拍我的下巴，"这一切都是你的功劳，约翰。"

我畏缩了一下。

"我仿佛变了一个人！简直不可思议！我有生以来第一次感到精力充沛，做回了真正的自己。"他傲慢地拍了拍我的肩膀，"现在，我们该去看看它们了。"他的眼中闪过一丝狡黠的神色，"是时候让它们知道，谁才是真正的主人。"说完，他便扬长而去。

在离开时，他回头撂下一句话："别忘了我给你的礼物，布卢姆医生，它至关重要。"

罗瑞的故事

说来可笑,面对与艾米长得一模一样的人,你可能会忘记她并不是真正的艾米。

"艾米,"我对她说,完全把替身这回事忘得一干二净,"我感觉不太舒服。"

假艾米将食指放在我的嘴唇上,让我不要说话。"别担心,亲爱的。"她在我耳边低语,"我们很快就大功告成了,你也快痊愈了。亲一亲就不难受了。"她笑了起来,笑容无比明媚。

尽管海滩上风雨大作,我的心中却涌起一股暖流,就像在寒冬腊月喝了一杯热巧克力。我试探地咳了一下,发现自己并没有咳得停不下来。我感觉好极了,头脑也清醒了许多。

我转向身旁打着盹儿的其他病人,"你们听到了吗?"我大叫道,"我痊愈了!我痊愈了!"

有几个人点了点头,但并没有醒。

假艾米咂了咂嘴,"可怜的家伙,治好他们还得费些时间。"

"为什么?"

"好吧，告诉你也无妨，反正你已经康复了。"假艾米得意地笑了起来，"你……你的症状其实很轻，恰好足够让……"

我心中那股暖流消失了，"恰好足够让我相信你。"

假艾米点点头，"是的，抱歉。"

"可是……布卢姆医生知道吗？"

假艾米抚摸着我的头发，"他并不知情。"

"那是谁的主意？"

就在这时，一个华丽的身影从浓雾中显现出来，正是鲍里斯王子。他穿着一整套《古堡藏龙》[1]里的军装，大步向我走来。他将后脚跟咔嗒一声并拢，"是我的主意。"他用温暖圆润的嗓音说，"我跟科索夫提议让你得的病。"

他突然转向假艾米，"你拿到所需的一切信息了吗？"

她木然地点点头，似乎有些发怵，"拿到了不少。他并不属于这个世界，而是在时空中穿梭旅行。"

鲍里斯王子笑了起来，"超凡绝伦！"他带着几分讥讽几分尊重打量着我，"真稀奇！之前博士也提到了这点，我很好奇你们是如何做到的？"

"无可奉告。"我说。

"借助一个叫作塔迪斯的蓝盒子。"假艾米呆滞地说，"他

---

1. 改编自英国小说家安东尼·霍普1894年创作的同名小说。

不知道如何操作塔迪斯，只有博士知道。"

"哦！"鲍里斯王子再次笑道，"有意思，太有意思了！那个女人呢？"

假艾米耸耸肩，"罗瑞认为她非常重要，但担心她爱上博士。"

"喂！"我大叫道，"才不是这样。"

假艾米转过身，眨了眨眼，"就是这样，亲爱的。"

鲍里斯王子幸灾乐祸地笑了起来，"你还会吃醋啊。"

我竭尽全力鼓足勇气，"谁不会呢？"

"有意思。"鲍里斯王子叹了口气。

突然，他一把抓住假艾米，给了她一个绵长的吻，眼睛却一直注视着我。

我恨他。

"开个玩笑！要是你的夫人真的在乎你，她早就现身了。可是，她在哪儿呢？"他像表演哑剧一样在海滩上东张西望，然后耸耸肩，"哦，我的朋友，看来你根本不重要。你的同伴已经抛弃了你……"

你算说对了，我心想。

"他们把你丢给了我。"他搂着假艾米转了个圈，一边跳舞一边大笑，"我得说，威廉姆斯先生，这些生物让我大开眼界！它们对强大的心灵有着明显的感应。我只是过来和它们聊聊天，让它们认认主。我已经浪费了太多生命，现在要全部补回来！"

"什么？"我眯起眼睛看着他，"我还以为你是个好人！"

鲍里斯王子像老太太一样咂了咂嘴，"不，我不是好人，最多也就懂点礼数。好了，我得走了……"

他正准备离开，却被假艾米拦住了，后者亲昵地将手搭在他的肩上。

"说吧。"他有些恼火，"什么事？"

"威廉姆斯先生已经痊愈了，可以放了他并让我回到诡谲之海里吗？"

鲍里斯王子摇摇头，"不，把他的大脑榨干。"说完，他大步走进浓雾之中。

布卢姆医生的日记

1783年12月7日

有佩蒂塔在身边,我感觉境况好像没那么糟了。她紧紧握着我的手,"一切都会好起来的,亲爱的。"

不过,有时候,她乐观得让我恼火。

我愤怒地指着走廊说:"怎么可能好起来?现如今,鲍里斯王子操控了一切!他已经疯了,把我们辛苦创造的一切都毁了。对付博士本来就够烦人了,可现在瞧瞧我的病人们!诊所一片混乱!"

佩蒂塔望着我,"我知道,亲爱的。"

"那我们该怎么办?"

她思索了一番,"我知道有个人可以帮忙。不过,你可能不会喜欢这个主意。"

最终,我们来到了书房外面。我敲了敲门,可没人回应。那个可恶的家伙!

佩蒂塔点点头以示鼓励，给了我继续敲下去的动力。敲完门后，我安静地等在一旁。那一瞬间，我仿佛回到了瑞典医学院，正准备面见古斯塔夫森先生。那时的我满脑子新奇古怪的想法，而且莽撞冒失……

玛丽亚的来信

圣克里斯托弗

1783年12月7日

亲爱的妈妈：

天哪！我太害怕了，这个地方可怕极了！我一刻也待不下去。整个走廊先是充斥着浓雾，接着出现了举止古怪的病人。与此同时，鲍里斯王子在突然之间变成了一个讨厌鬼。

你还记得克劳德特姑妈吗？她原本一直很友善，可就在琼斯姑父去世并留下一大笔遗产之后，她突然性情大变，残忍地弄死了姑父养的所有小狗。眼下的情况与之一模一样，鲍里斯王子完全变了个人，仿佛终于找到机会把乖戾的一面展现得淋漓尽致，让人深感不快。我很不喜欢他现在的样子。

于是，我跑回了博士身边。他还待在橱柜里，正托着头想事情。

"博士，"我对他说，"你还好吗？我有事要告诉你！"

他难过地摇摇头，"现在请不要打扰我，玛丽亚。"

我只好闭上嘴巴。

他顿了顿,"抱歉,对不起,我太失礼了,我不是故意的。在发生了这么多事之后,我脑子里一团乱麻。艾米不见了,我又头疼难忍。你没事真是太令我欣慰了,总算少了一件需要担心的事情。如果你不介意,让我想想……"

我突然哭了出来——大人往往很吃这一套。

"好吧。"他说,"再次向你道歉。你一定吓坏了吧?我们赶紧换个地方躲起来,找个暖和的地方。"

于是,我们躲进了布卢姆医生的书房,坐在壁炉前取暖。

"脑子转动起来吧!"博士喊道。他找到一盒姜汁饼干跟我分着吃。虽然饼干并不合我的胃口,但考虑到博士看起来很烦心,我就没说出来。我正准备告诉他关于科索夫的事,却被博士举起手打断了。

"好了,玛丽亚,这座房子没有着火吧?"

我郑重地摇了摇头。

"啊,很好,又少了一件需要担心的事情。很好,不错。"他咬下半块饼干,嚼了一会儿,然后吐了出来,"我吃了多少块了?"

"四块,先生。"

"天哪,我讨厌姜汁饼干,吃起来真恶心。"他的脸皱成了一团,"话说回来,布卢姆医生无意中在海滩上建造了一台巨大的战斗计算机,然后被别有用心的人发现了。不过,那个人是谁呢？不，先别打断我，这件事很关键。奄奄一息的病人意外康复，布卢姆医生拥有远超时代的知识，艾米陷入危险，罗瑞也卷入了同样的麻烦。然而，唯一可以阻止这一切的塔迪斯又消失了……真是一团乱麻，完全不知道该从哪里入手。还有，姜汁的气味真是太持久了，对吧？"

看吧，妈妈，这就是博士。我开始担心他来家里做客的情形了。他一定会在桌布上乱写乱画，或许还会惹恼很多仆人。即使这样，我也喜欢他。我们可以邀请他吗？

"我漏了什么吗？"他问。

我耸耸肩，"我被搞糊涂了。"

"我也是。"他承认道，"所以，我们应该从哪里入手？"

我一边思考，一边在椅子下面伸了伸腿，"你的朋友们，先生，"我严肃地说，"他们对你来说很重要。"

"或许吧，但欧洲不重要吗？"

我耸了耸肩。

他拿起最后一块饼干嚼了起来，做了个鬼脸，最终还是吞了下去，"好吧。"

这时，敲门声响了起来。

"这回又是什么？"博士厉声说。

我用胳膊肘捅了他一下，"你很失礼。"我提醒他。

"管他的。"他咂了咂嘴，"不好意思，请进！"

门开了,布卢姆医生和他的夫人走了进来。

"希望没有打扰到你们。"他说。

            永远爱你的

             玛丽亚

布卢姆医生的日记

1783年12月7日

"请进!"博士听起来很不耐烦,可能因为受到打扰而有些生气。

"希望没有打扰到你们。"我说,尽量让语气显得不那么挖苦。

博士轻快地挥了挥手,"不,完全没有。"他递给我一只饼干盒,"你要吃饼干吗?"

我注意到,盒子里是空的。那些饼干原本是佩蒂塔特意为我做的。

"抱歉。"他拿回饼干盒,"饼干吃完了。不过别担心,味道不怎么好。"他做了个鬼脸。

他怎么敢这么说?!

佩蒂塔将手搭在我的肩上安抚着我。

"事情进展得不太顺利,对吧,布卢姆医生?我之前可警告过你。"博士好似高高在上的老师,伸出一根手指对我指手画脚。

我屏住了呼吸。佩蒂塔插话道："我的丈夫和你一样，对事态的转变感到惶惑警觉。因此，我们特意过来找你。"

"而且你们很快就找到了我，速度够快的。"博士盯着佩蒂塔，"真奇怪。对了，其他病人都在哪里？"

我耸耸肩，"大概在大厅里闲逛，或者跑到了海滩上，像这样的天气其实并不适合治疗。鲍里斯王子——"

"不要紧。"博士厉声打断了他，"有件事你应该明白，布卢姆医生，有一种方法可以削弱那些生物的心灵感应，不过我并不想这样做。最重要的是要找到操控一切的幕后黑手。"

我正想和他说鲍里斯王子的事情，但就在这时，鲍里斯王子大步流星地走了进来，看上去很有排场。他面带微笑，神气十足。

"博士，你不能暂停布卢姆医生手头的工作，我不同意。"他停顿了一下，好像在吞咽什么东西，"我不允许你成为伟大进程上的绊脚石，先生。"

博士吃惊地看着鲍里斯王子，"你……你还好吗？"

鲍里斯王子停顿片刻，渐渐变得没那么自信，"我……我不知道。"他将手按在太阳穴上，"有什么东西把我的大脑搅来搅去……天哪，博士。"他伸出手恳求道，"我太痛苦了……你能帮帮我吗？我觉得很不对劲，没法控制自己的思想！"他跌跌撞撞地倒向墙壁。

"心灵感应。"博士冷冷地说，"不管是谁在控制你，我一定会阻止他。"

鲍里斯王子抬起头,咬紧牙关,"我知道。拜托你……让他停下来!"

博士转向我,看起来是那么悲伤。我发觉佩蒂塔捏紧了我的手。

"布卢姆医生……"他开口道,随即停了下来。

"赶紧的!"鲍里斯王子催促道,"发发慈悲吧。"他喘着粗气瞪着我,"该死的,布卢姆,是不是你的夫人在捣鬼?"

"不是佩蒂塔!"我说,"这一切和我的夫人毫无关系。她连别人的一根汗毛都不忍心伤害。她是我的精神支柱。"

然后,博士做了一件可怕的事情。我不敢相信就这样发生了。

"布卢姆医生,"他开口道,"很抱歉问这个问题,但是,你和你的夫人认识多久了?"

多么愚蠢的问题!我告诉他别犯傻。

"你先别急着回答。"博士盯着我说,"想一想,你们第一次见面是在什么时候?"

我瞪了他一眼。

佩蒂塔紧紧地握着我的手,"亲爱的,告诉他。"

我站在那里,仿佛生了根似的一动不动,感觉不太舒服。我看向佩蒂塔,看向紧握着我的那只手,看向她的笑容。

"我……这很重要吗?"我问。

"是的,"博士说,"至关重要。我别无选择,只能尽力减弱诡谲之海的心灵感应。告诉我,布卢姆医生,你们第一次见面是在什么时候?"

我舔了舔嘴唇,皱起眉头,"我不记得了。"我转向佩蒂塔,"亲爱的,你还记得我们第一次见面是在什么时候吗?"

她望着我,面带微笑,"亲爱的,你说什么时候就是什么时候。"

我双腿一软,踉跄了一下,感觉一阵恶心。不过,我仍然紧握着她的手。

"别这样,佩蒂塔,我们第一次见面是在什么时候?"

她依然望着我,神色如湖水般平静。

天哪,拜托了,别这样!

"你说什么时候就是什么时候,亲爱的。"她重复道,"你总是知道最合适的答案。"

我努力将目光从她身上移开,但就是做不到。我想对博士破口大骂,可自己依然望着佩蒂塔——我的精神支柱、人生向导、最好的朋友。

"博士。"我说。

"我明白。"博士的声音如耳语般轻柔,"你不必说出口。"

"可是……"我轻抚佩蒂塔的面庞,她的脸是那么温暖、柔软,"我的佩蒂塔……最亲爱的佩蒂塔……"

"布卢姆医生,我很抱歉。"博士的声音似乎带着哭腔。我看不到他的表情,也不想看到。"你的夫人从始至终都不是真正的人类,而是知交客。诡谲之海把她带到了你的身边,一直以来,她都在引导你,让你对它们言听计从。我对此深表抱歉。"

你的夫人从始至终都不是真正的人类,而是知交客……

突然,一段记忆闪过脑海。我回忆起自己站在海滩上,被一只手温柔地抚过头发和肩膀。天寒地冻的日子……充满暖意的笑声……我的夫人就站在我的身边。

佩蒂塔歪着头问:"亲爱的,他在说什么?"

"他说……他说……你不是真正的人类。"

佩蒂塔一笑置之,"可博士又知道什么呢?他连你的一半都比不上。你总是知道什么才是对的,一直如此。"

"不。"我说,"这一次……博士才是对的。"

我握紧她的手,闭上了眼睛。在目睹科索夫的下场之后,我知道悲剧即将重演。

"我爱你。"我说。

"我也爱你。"佩蒂塔说。我头一次意识到,也是唯一一次,她的声音是那样单调。

接着,一切就这样发生了。我听见了骇人的汩汩声,好似融化的冰层从屋顶倾泻而下。

当我睁开眼睛时,她已经消失了。

罗瑞的故事

"我好害怕。"我说。

正如我之前说的那样,我并不擅长跳舞。此刻,我却和假艾米在海滩上共舞。虽然大雨倾盆,但并没有唱歌的男管家为我们撑伞。举目四顾,所有病人都在跳舞,动作极其缓慢。

他们拖着步子慢慢移动,浓雾在周围翻滚。我记得玛丽亚跟我说过,她管他们叫幽魂。此时此刻,这群举止怪异、毫无生气的病人看起来真的像幽魂一样在跳着舞。有的人甚至还在哭泣。

在我身旁,内维尔先生正跳着华尔兹。他紧紧握着奥丽维娅·艾尔奎缇妮的手,还有一条大狗在脚边蹦来蹦去。"亲爱的,我好累。"他对她啜泣道,"太累了。"他依偎着奥丽维娅,身体几乎全都靠在她身上。谁能想到,她竟然有这么大的力气?

"我知道,亲爱的。"奥丽维娅温柔地说,"不过是条大狗而已,它不会打扰我们的。"

"我很抱歉。"内维尔先生叹了口气,"它是斯托克。这个老家伙曾带给我快乐,但现在……我不再需要它了,因为我有了你。"他将她的手握得更紧了,两人继续跳起舞来。

我望着假艾米,这个酷肖艾米的替身拽着我跳了一圈又一圈。"你为什么要这么做?"

她对我莞尔一笑,"因为你是必不可少的燃料,所有病人都是。你们维持着诡谲之海的生命。"

"行吧。"我感觉双腿开始发软,"不过说真的,我们不能一直这么跳下去吧?"

假艾米拉着我又转起了圈,"一直跳到你倒下为止。"

玛丽亚的来信

圣克里斯托弗
1783年12月7日

亲爱的妈妈：

我再也不喜欢博士了，因为他让布卢姆夫人消失了。

在她活着的时候，我从未喜欢过她，这让我感觉非常糟糕。可是现在，我没法将之前对她产生的坏念头擦除。我真的很想擦除这些念头，可以吗，妈妈？

我看到了布卢姆医生的表情。他是那么爱她，又怎能忍心看到地上那一摊冒着泡的东西？他甚至还能看到她的头发。

我朝博士尖叫起来，对他的行为怒不可遏。同时，鲍里斯王子的做法也让我非常生气。

博士悲伤地点点头，"我很抱歉。"他对一屋子的人说，"真的非常抱歉。但是……布卢姆医生……我必须这样做。"他说，好像希望有人能够认同他的话。

"它们依靠你们来摄取养分，因此我必须切断这种联系。现在，它们已经完全回归自我了。"

我告诉博士他错了。但是，他根本没听进去，只顾着望向布卢姆医生。

"睁开眼睛。"他温柔地恳求道，"请你看着我，告诉我你知道这件事。"

他们陷入了沉默。我意识到，博士是想让布卢姆医生承认这个真相，比如，他其实早就知道自己的夫人并不真实，又或者他原谅了博士……我很好奇，博士究竟是什么样的人？在他看来，人何以为人？

布卢姆医生摇摇头，"她消失了吗？"他仍然双眼紧闭。

博士从椅背上抓起一条毯子，遮住了地上的那一摊东西，"差……差不多。"他将一只手搭在布卢姆医生的肩上，"约翰，我别无选择。心灵感应现在已不复存在了。"

这时，鲍里斯王子清了清嗓子，"实际上，并非如此，博士。我想，你很快就会发现，刚刚你的所作所为只是帮我扫清了障碍。"

"什么？！"博士转过身来，惊讶地望着他。

鲍里斯王子点点头，"不久前，我从布卢姆医生的手里接过了控制权，然而，他们夫妻俩一直在抵抗我的影响。现在，他和那些生物没有一点联系了，多亏了你。"

博士愣愣地站在原地。

我拽了拽他的袖子，"先生，"我说，"我一直想要告诉你这件事！"

"啊，"博士点点头，"一定要听孩子的话。抱歉，玛丽亚，我没留给你解释的时间。这么说……鲍里斯王子，你是邪恶的反派？"

"并不是，先生。"鲍里斯王子窃笑道。

"可你在窃笑。"博士哼了一声，"在我的词典里，'窃笑'就代表彻底暴露身份。类似的行为还有双手叉腰吻了别人的夫人。"他将双手插进口袋，"那么……"他说，"让我梳理一下，我刚刚犯了一个可怕而致命的错误，对吧？"

鲍里斯王子笑了，"对，完全正确。不过别担心，人人都会犯错。"

博士转向布卢姆医生，叹了口气，"我很抱歉。"他摇摇头，又转了回去，"鲍里斯王子，真是太遗憾了，我本来很喜欢你。"

鲍里斯王子大步走过去，拍了拍博士的头发，"我也喜欢你，博士。但是……这个机会无与伦比。你得同意我说的，这一切棒极了！"

"这里吗？"博士说。

"哦，我说的不是这里，这家诊所里全是可怜人，不，我说的是海滩上。那些生物太不可思议了，吸收了所有人的思想，就像是一座图书馆。它们无疑是这个世界上最聪明的生物，而我正好与之相连。我之前浪费了那么多生命，不过万幸的是，它们创造了科索夫来治愈我,让我与之产生心灵感应。我了解它们,引导它们,还达成了协议。"

"什么?"博士说,"一直以来都是你在操控它们?"

"呃,也不完全是,我只是帮忙做了几个决定。现在,它们已经准备就绪,对这个世界无所不知、无所不晓——政府里谁更可信,谁是强者,谁优柔寡断,谁是天生的领袖,哪些军队实力雄厚,还有欧洲各国都有哪些弱点……它们已变成全知的大脑,为战争做好了准备,让我成为世界上最有权力的人。"

"哦……"博士说。

这时,门突然开了,艾尔奎缇妮姐妹拖着步子走了进来,眼神空洞。

"啊哈!我的军队来了!"鲍里斯王子大笑道,"现在,轮到你去见诡谲之海了,博士。它们一定非常乐意见到你。"

永远爱你的
玛丽亚

罗瑞的故事

我太累了。

我突然想起医院组织的一次公益趣味比赛——相信我,根本没有趣味可言。我还记得那是凄惨的一天,我在雨中绕着利德沃斯跑了一圈又一圈。艾米本来说会到现场为我加油,结果那天早上睡过了头。于是,最后变成艾米的爸爸在终点线迎接我,手里拿着一只装满牛肉三明治的特百惠盒子,还端了一杯茶。

"跑了两个小时,嗯?"他一边说,一边从小塑料杯里呷了一口,"你募到了多少钱?"

"重要的不是多少钱,而是参与其中。"我解释道,立即发觉自己陷入了弱势。那可是艾米的爸爸。

"好吧,我相信这对等待新保育箱的婴儿来说是极大的安慰。"

"我募到了12英镑13便士。"我嘟囔道。

我们就这样嚼着三明治坐了一会儿。我感觉酸辣酱放得有点多,但艾米的爸爸很喜欢。

"我知道了。"他递给我一张 20 英镑的纸币,"走吧,我们去看看艾米公主醒了没有。"

我望着假艾米,她的脸上一直挂着微笑,眼神冰冷。"求你了,"我拖着脚说,"我们可以停下来吗?"

"不可以。"她说,"我们还要继续跳舞,不会太久了。来吧,亲爱的。"说着,她又拽着我转了一圈。说实话,我老是踩到她的脚,一开始是不小心,后来就纯属故意了。但是,她从不抱怨,因为她是假艾米,真正的艾米早已抛弃我……一直跳到我倒下为止……

她拉着我在海滩上转了一圈又一圈,有些病人已经累得停了下来。内维尔先生躺在地上,任凭雨水啪嗒啪嗒地打在身上,他的狗使劲儿扯着衣领,想让他重新站起来。

暴风雨在我们四周肆虐。

突然,一只手在假艾米的肩上拍了拍,"嘿,"一个声音说,"可以换我跳一会儿吗?"

那人正是艾米,真正的艾米。她没有忘记我!她来救我了!她……看上去杀气腾腾的。

假艾米回以微笑,眼神一如既往的空洞。

"好吧。"真正的艾米说,"你不打算告诉罗瑞他跳得很糟糕吗?我就会这么做。"

"我爱他。"假艾米说。

艾米翻了个白眼,"你更喜欢哪一个我,亲爱的丈夫?"她眯起眼睛威胁道,"斟酌一下你的答案。"

"呃……"我开了口,"她对我很好。"

"罗瑞·威廉姆斯!"艾米吼了起来,"你不喜欢对你好的!"

"是时候换个口味了。"

"我爱你。"假艾米轻声说,"你跳得比博士好多了。"

"傻瓜,"艾米用胳膊肘捅了她一下,"河马都比博士跳得好。"她转身面向我,"罗瑞,听着,我知道你在想这件事,但你必须大声说出来。"

"什么?"

艾米拍了拍她的替身,"说出关于她的真相,赶紧的。"

"说她不是真实的?"

"完美。"艾米笑了,"就像这样再认真地说一遍。"

"别听她的,亲爱的!"假艾米惊恐万分地看着我。

我重复了一遍,然后看着艾米的替身倒了下去,消失在浓雾中。

"大功告成!"艾米笑着拥抱了我。

我搂住了她,她闻起来永远那么令人惬意。我太想她了。

"我太累了。"说完,我陷入了沉睡。

布卢姆医生的日记

1783年12月7日

傻瓜!傻瓜!傻瓜!

这本日记记录了我毕生的工作。尽管我的人生已失去意义,但奇怪的是,我的工作还在继续。

我对自己在谎言中度过了多少生命一无所知,活得像个傻瓜一样。佩蒂塔是谁?她真的存在过吗?我对此只有一些模糊的记忆。我还记得自己曾在日内瓦湖畔和一位迷人的女士合坐一桌,相谈甚欢。我的夫人就是由此而来的吗?来自迷人午后的美好记忆?诡谲之海将我渴望的东西——一个伙伴及配偶——给予了我,佩蒂塔的出现恰合时宜。它们是单纯想要满足我的愿望,还是为了推动自己的计划?

一直以来,我是在治愈病人,还是在源源不断地献上受害者?我到底做了什么?!

这就是我——约翰·布卢姆医生——对眼下情况所能做出的

最合理的分析。这一刻，我只是一个普普通通的男人，正恐惧地盯着地上那一摊被毯子盖住的东西。我要为我的夫人哀悼，对我而言，她就是真实存在的。可是，那个精妙绝伦的人已经离我而去了……

我们共事了很长一段时间，携手打造出这家了不起的诊所，一起做着了不起的事情，分享着每一天的喜怒哀乐。看到她被逗笑，我自己也会开心。令我惊讶的是，不管遇到什么挫折，她总是知道该如何开导我。我真的非常爱她，可是，这一切都是谎言。

现在，我知道自己该怎么做了。

艾米记事簿

说实话,问题解决得比我想象中要轻松。我不仅夺回了罗瑞,而且还消灭了一个邪恶的外星替身。她消失的场面不怎么令人舒坦,还好浓雾很快就将她包裹了。

我把罗瑞从地上拉了起来,让他靠在沙丘上。这个可怜的家伙累得脚都快断了,看上去一团糟。现在,我们正身处暴风雨之中,这幅景象实在难以置信——海滩、大海、天空全都混在一起,天地间灰蒙蒙的一片。浓雾和大风卷起潮湿的沙子把我们包裹起来,令人窒息。

大海散发出明艳的绿光,向浓雾和暴风雨扩散开来。在这幅骇人的景象中央,头戴假发、身着西服的身影正在翩翩起舞。他们摇摇晃晃地舞动着,就像钟表上坏掉的指针一样。

我拍了拍罗瑞的脸。他睁开一只眼睛,露齿一笑,"艾米。"然后又把眼睛合上了。

"亲爱的!"我厉声说,"快起来,我们要去阻止他们跳舞。"

"是吗?"他嘟哝着说,"可我们为什么要这么做?我太累了……"

"因为发生在你身上的事也同样发生在他们身上。这些人正在被榨干,正是他们制造了这场暴风雨。"

"好吧。"罗瑞皱着眉说。他摇摇晃晃地站起身,注视着海滩,"老天!"他又转向我,"艾米,你看起来真美。"

"谢谢夸奖,我的丈夫。"我用胳膊肘捅了他一下,"我们走。"

"等一下。"他举起一只手拦住我,"再说一遍,你觉得我跳得怎么样?"

"你跳得太差劲儿了。"我告诉他。

罗瑞点点头,"测试一下而已。"他看起来有点失落,"你不是外星替身。好了,我们快去阻止这一切吧。"

我们慢慢把病人从替身的身边拽走,让他们躺回折叠躺椅上。有些人看上去已经疲惫不堪,有些人却仍然恋恋不舍。

内维尔先生坐在折叠躺椅上,睁开了双眼,"斯托克去哪儿了?"他嘟哝道,"它是一条惹人喜爱的大狗,天性温顺,十分听话。还有,奥丽维娅去哪儿了?你们看到她了吗?"说完,他便陷入深度睡眠,还打起了呼噜。

一位身材娇小的老妇人正抱着一个婴儿跳舞,好像舍不得放手。她哭着说:"看哪,宝贝在和妈咪跳舞!他看起来多开心啊!虽然妈咪已经累得不行了,但为了让宝贝笑起来,她会继续跳下去的。没错,她会的!"

我听到了罗瑞的呼喊,看见那个婴儿悬在半空,小手像利爪一样挠着他的眼睛。"救命!"他大声尖叫道。

我赶紧跑过去把那只手拍开,结果完全乱了套。婴儿一边用短胖的小手揪住我的脸,一边发出嘶嘶声威胁我。与此同时,那位母亲不断地大喊大叫,她一边打我一边哭喊着:"这是我的宝贝!不要伤害他!"

浓雾突然在我们周围升起,片刻之间,整个世界只剩我和那个难缠的婴儿。他有着一头小小的波浪卷和一双亮闪闪的眼睛。他的手使劲儿盖住我的口鼻,捂得我快要窒息了。

"你不是真实的!你不是!"我拼命大喊道,但眼前的替身只是摇了摇头。我开始眼冒金星,感觉热血在脑袋里突突地跳动。我跌跌撞撞地往后退,一脚踩进了海浪里。那个婴儿不怀好意地看着我,手上又加了几分力度。然后,我仰面倒了下去。

我听到罗瑞的声音从远处传来,盖过了耳朵里血液的突突声。"艾米!艾米!"他大叫道,"离大海远一点……"

海水异常冰冷,散发着耀眼的绿光。无数只手从海里伸了出来,想要把我往下拉。我毫无招架之力,只能任人宰割。我要呼吸,我要站起来,我要……

婴儿用尽全身力气把我的头按在水下,让我呛了一口又一口的水。冰冷刺骨的海水灌进肺里,我拼命扑腾,却又一次被拉进了水里。

这时,一只手抓住我的手腕,把我拽了起来。那人正是罗瑞。

"见到你真高兴。"我说。

海滩上传来的尖叫声让我恍然惊醒,我看见另一个罗瑞站在那里。

好吧,真假罗瑞。诡谲之海的动作可真快。

"你还好吗?"牵着我的那个罗瑞问道。很好,加 10 分。

我转向海滩上的罗瑞,"你呢?说点什么证明一下自己。"

"我才是真的!"他后面还跟了一句,"天哪!"

"好的,好的,还有吗?"

"呃,幸好出来的不是博士的替身。"

嗯嗯,善妒,加 20 分。说得不错,有时候你需要读取思想的外星生物帮你认清先后顺序。

我转向身边的罗瑞,"所以,你想说点什么呢,罗瑞?"

他看起来有些困惑,"我才不关心博士,完全不关心。"他轻描淡写地说。

"结束了。"我叹了口气,把替身一把推开,大步蹚过海水走向我的丈夫,"这下解决了。"

我们站在海滩上。发光的浓雾笼罩在周围,把我们的大脑搅来搅去。

"真是一团糟啊。"我说。

罗瑞点了点头。

"我们做得如何？"

"我们拯救了三个跳舞的病人。"

"一共有多少人？"

"呃，十来个吧，我没仔细数。"

"不错！"我望着被风吹动的空躺椅，"可是，暴风雨还是没怎么减弱。"

"是的。"

"我们不妨把这当作好消息。博士很快就会赶到了。"

"有人在叫我吗？"博士的声音穿过暴风雨传了过来。

我们向他跑去，一遍又一遍地呼唤他的名字。

我大叫道："博士！你还好吗？"

"啊，"他说，"不好说。"

随着浓雾渐渐散去，我们发现他是被艾尔奎缇妮姐妹架到这里来的。

"呃，"博士开口道，"和我的护卫打个招呼吧。作为这把年纪的女士来说，她们干得不错。"

等浓雾又散去了一些，鲍里斯王子出现在博士身后，开始哈哈大笑。

"发生了什么？"我问。

"啊，艾米，"博士叹了口气，"有时候我们过得相当顺利，有时候则糟糕透顶,比如今天。坦白说,一切都朝着错误的方向在发展。"

两位女士架着博士继续往前走。

"我不会动手的,"博士说,"因为她们都被人控制了。如果想摆脱她们,那我可能就小命不保了。这两位女士像老虎钳一样紧紧抓着我。干得漂亮,女士们,我猜你们可以毫不费力就拧开果酱罐。"

她们把他一步步拖向大海。

"现在是什么情况?"罗瑞问。

"哎,"博士又叹了口气,"她们打算把我喂给诡谲之海。我觉得这不是一个好主意。"

她们把他拖到了海边。

玛丽亚的来信

圣克里斯托弗

1783年12月7日

亲爱的妈妈：

我跑到海滩上，看到人们面面相觑，全都一动不动地站在原地，仿佛在等待游戏开始。四下寂静无声，天寒地冻。原本在海滩上跳舞的病人们呆呆地站成一圈，把博士围在了中间。他被艾尔奎缇妮姐妹牢牢抓住，勉强站立。令人不安的是，鲍里斯王子高立于人群之上，面带微笑地等待着，看起来满心欢喜。我再也不喜欢他了。

除了艾米，似乎没人注意到我的存在。她用嘴型说着"快回去，孩子。"，但我并没有听，而是待在了原地。罗瑞被艾米扶着站在一旁，似乎病得更重了，看起来很疲惫。

发光的海浪不断拍打着海岸，传来阵阵低语。我听见大海一遍又一遍地呼唤道："喂给我们，献给我们。"

我不寒而栗，不由地担心起来。妈妈，早前来这里治疗时，你都经历了什么？

接下来发生的一幕耐人寻味。在我们相识的短短几天里，博士尽管做过很多事，但从未恳求过别人。

他在鲍里斯王子面前跪了下来，"求你了，"他哀求道，"绝不能让诡谲之海读取我的思想。你不能这样做……"

鲍里斯王子笑道："诡谲之海非常渴望了解你脑袋里的东西，博士，我也很好奇。而且，它们已经动手了……"

博士的脸突然抽搐了一下，疼得他龇牙咧嘴。

鲍里斯王子惊讶地咧开嘴，"原来你已经行了这么远的路，遇见过那么多无与伦比的人……还拥有一个神奇的盒子！"他双手一拍，"这些仅仅是冰山一角，"他凑上前，胡子都快碰到博士的鼻子了，"它们想知道更多的内容，想探知隐藏在深处的秘密，而我会任由它们这么做的。"

博士平静地吐出一个词，声音小得如同耳语一般，却传遍了整个海滩——

"不要。"

鲍里斯王子笑了起来，"你这个人真是太有趣了，拥有绝佳的幽默感！我喜欢这点。"

突然，博士耸耸肩站了起来，似乎不费吹灰之力就重获自由。艾尔奎缇妮姐妹后退一步，面露困惑。尽管鲍里斯王子比博士高出许多，但不知怎的，博士的眼睛仍然设法和他的眼睛保持水平。

"不要。"博士重复了一遍,声音洪亮而坚定。他并没有喊出来,但声音却回荡在礁石之间。看到这一幕,我开心极了。一切都会好起来的,因为博士就在这里。我还留意到艾米和罗瑞挽起了手。

等浓雾完全散开后,整个海滩显露了出来。鲍里斯王子看上去一脸愁容。

哦,妈妈,我看到布卢姆医生跑到了海滩上。他停下来喘着粗气,哭得很伤心。让我吃惊的是,他的手里竟然拿着一把手枪!

"是你!"他喊道,拿枪的手抖得厉害,"是你杀了我的夫人!"

接着,他扣动了扳机。枪声响彻海滩。

博士惊讶地"哦"了一声,然后倒了下去,额头上的弹孔与口型完美契合。

永远爱你的
玛丽亚

博士的最后思绪

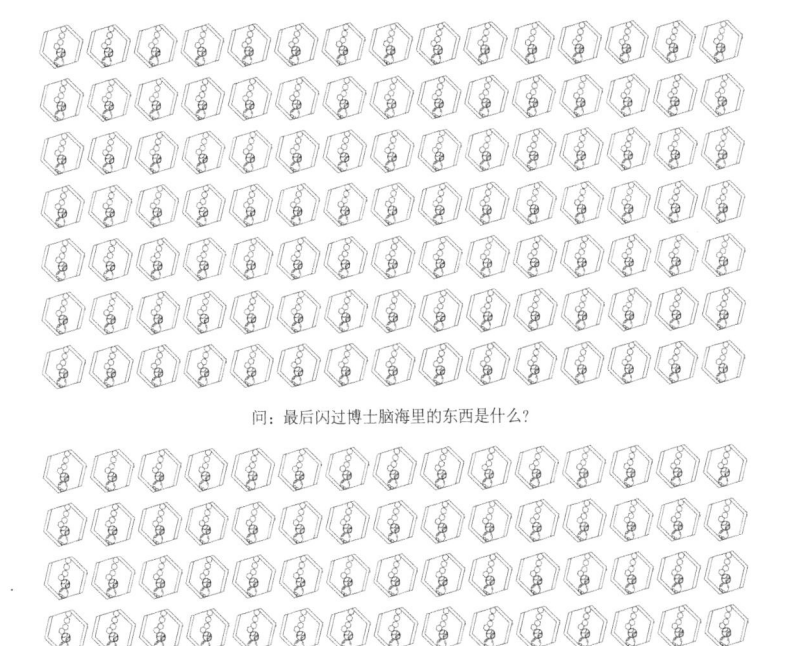

问：最后闪过博士脑海里的东西是什么？

答：一堆士兵。

艾米记事簿

博士死亡的瞬间和其他所有悲伤的时刻如出一辙。

我还记得有一次我目睹一只小狗被车撞死,所有细节仍历历在目。一只小狗一路小跑,将舌头从两排锋利的牙齿间伸出来,还露出了红红的牙龈。就在它过马路的时候,一辆超速行驶的白色货车冲了过来。那一幕画面似乎在我眼前定格了:小狗开心的表情、货车上的标志、仪表盘上露出半截标题的报纸、街角商店挂的"特别优惠"标志牌、街对面的行人、系鞋带的男人、一辆婴儿车和挂在把手上的三个购物袋……

不管怎么说,博士死了,就这么简单。

当目睹这一幕时,我感觉自己的童年也随之逝去了。所有那些希望和奇思妙想,以及我经历的种种冒险,全都随着他的身体一起轰然倒地。他是真正的博士,不是克隆人,不是替身,也不是复制品;那是致命的一击,不是擦肩而过,不是皮肉之伤,也不是一声空响。布卢姆医生惊人地展现了新手的运气。真是讽刺。

我下意识的反应竟然是跑过去让博士谈谈他的看法,想必他有很多博士范儿的俏皮话要说，或者说些让人安心的话。相反，他不发一语，只是躺在潮湿的沙子上，因为他已经死了。我的邋遢博士死了。

然后，我转向罗瑞，紧紧地捏着他的手。

"做点什么！"我吼道。

罗瑞的故事

博士死了。

艾米随即尖叫起来,可能都没有意识到自己在做什么。我突然想起新闻报道中那些痛失家人的女人,她们发出撕心裂肺的号叫,悲伤到失语。艾米现在就是这样。虽然声音并不像震碎玻璃的高音那般尖厉,但极其响亮,充满恐惧。

她紧紧地捏着我的手,把我的骨头都快捏碎了。我没有把手抽走,而是任凭她捏着,因为我能为她做的只有这么多。我呆呆地望着躺在岸边的博士,海浪不断向他涌来,浸透了他的衣服。上一秒,他还那么高大,下一秒却如此弱小,就像假人一样。

除了艾米的嘶喊之外,我还不断听到一种诡异的响声。布卢姆医生的手抖得太厉害了,手枪也跟着咔嗒作响。他一脸震惊,仿佛根本不知道自己做了什么。我想冲过去,但却做不到,因为我正握着艾米的手,而我永远也不会放开她。

想想真是讽刺,宇宙中最不可思议的人死在了我们面前,而我竟然想去拥抱那个罪魁祸首,就因为他看上去很悲伤。

手枪从他手中滑落,啪的一声掉在湿漉漉的海滩上。布卢姆医生抬头望向鲍里斯王子,"好了,"他大喊道,"现在你满意了?"

鲍里斯王子模棱两可地摆摆手,"一般般。"他抱怨道,"诡谲之海十分渴求博士的大脑,但我只是觉得他很烦人。"

"他杀了我的夫人。"布卢姆医生喏嚅道,声音单调,"你曾提醒过我,可我却没能阻止这一切。我只能这样做了。"

"我知道。"鲍里斯王子不耐烦地说,"你早该开枪的,现在为时晚矣。"

"是的。"布卢姆医生痛苦地说,"没错。"

我从最初的震惊中渐渐回过神来——可笑的是,人类原来是这么自私的生物——然后意识到自己和艾米的处境变得棘手起来:博士已经死了,我们困在了过去,这里没有像样的水暖设备和可口的食物……天哪,法国大革命即将开启,我们该怎么办?我们靠什么度日?要是塔迪斯出现了,我们还能进去吗?艾米会驾驶塔迪斯吗?我们怎么回到利德沃斯?艾米还想回去吗?

艾米的手捏得更用力了。"做点什么!"她吼道。

我明知自己做不了什么,但所受的医疗训练还是派上了用场。我把博士的尸体翻了过来,发现额头上的创口异常平整。博士的脸色苍白,我从未见过他如此平静的面孔,太古怪了。在博士活着的时候,即使他陷入沉思,或者盯着你看,他的脸也十分鲜活。

可现在，这张脸毫无生气。

我摸了摸一侧的心跳，接着又摸了另一侧。两颗恼人的、绝不可能出错的心脏毫无动静，仿佛根本不存在一样。我发现自己甚至开始给他做起了人工呼吸。太可笑了，本应该由艾米来做才对——和他吻别。

不过，既然他是外星人，也许他的脑袋里并没有大脑，而是阑尾之类无关紧要的器官。也许他毫发无伤，只需要多一点温暖的爱护和关怀就能苏醒。

可是，什么也没有发生。

艾米的手温柔地搭在我的肩上，"罗瑞，"她哭着抽了抽鼻子，"够了，你可以停下来了。"

但我并不这么认为，我觉得自己还能做点什么。

最后，我还是站了起来，任由艾米用胳膊环住我的身体。我们一同望向博士的尸体。

"我猜博士可没料到这个结果。"我说。

艾米抽了抽鼻子，破涕为笑。

鲍里斯王子仍然站在一旁，饶有兴致地看着眼前的一幕。我好像记得，正是俄国佬喜欢让狗熊自相残杀。面对胜利，他竟露出了一副兴致索然的表情。

一切并没有结束，我暗自下定决心。我曾拥有博士的记忆，深谙英雄的所作所为。现在，是时候成为其中一员了。

艾米记事簿

我爱罗瑞·威廉姆斯。

他用肩膀架起博士,走到诡谲之海面前大喊道:"复活他!快点!复活他!"

罗瑞拖着博士踏入海水中,海浪在他们脚边翻滚。我赶紧跑过去,帮他一起搀扶着博士。贪婪的大海波涛汹涌,散发出绿色的光芒。

浓雾涌了过来,我们跟跟跄跄地站在原地,感觉诡谲之海正在拖拽着博士。

"复活他!"罗瑞又喊了一遍。

这一次,我也跟着喊了起来,"快点!他就是你们心心念念的那个人!复活他!"我有点胆怯地补充道,"求求你们。"

我希望博士能安然无恙。我真心希望一切都能好起来。

还记得我之前提到的那只小狗吗?时至今日,我仍然记得货车司机抱着它的尸体,一遍又一遍地说着与之类似的话,迫切地希望一切真的都能好起来。

现在，轮到艾米·庞德站在冰冷的海水里，抱着她"想象中的朋友"的尸体，声嘶力竭地向大海呼喊，只求博士能好起来。

要是我的心理咨询师能看见我现在这副样子就好了。

我注意到了鲍里斯王子和布卢姆医生的眼神。前者流露出一如既往的嘲笑神情，带着"英国佬真的太滑稽了"之类的戏谑，后者则俨然成了一具空壳，仿佛生命之灯已然熄灭。

然后，海水开始在博士身边翻涌高涨。我和罗瑞退了回来，或者说被浪打了回来，气喘吁吁地倒在岸边，浑身都湿透了。罗瑞把我扶了起来，我们双双站在海边，冷得瑟瑟发抖。眼前丝毫没有博士的踪影，只能看见四处弥漫的浓雾。

随后，浓雾渐渐散开，不知何故，诡谲之海看起来不太对劲。海水变成了青绿色——就像十四岁时叛逆的你会染的那种发色——把天空也染成了这种可怕的颜色。诡谲之海沸腾起来，仿佛有一锅暴怒的鱿鱼在水中扑腾。

接着，海水一分为二，掀起的滔天巨浪像一堵厚厚的墙围在两侧，中间露出了一块块礁石。博士蜷曲着身体躺在上面。

令人无比惊讶的是，那个小小的身影竟然站了起来。博士复活了！

我紧紧抱住罗瑞。他就是我的英雄。

博士对自己眼前不可思议的景象视若无睹，转身朝岸边走来。他心不在焉地向鲍里斯王子和布卢姆医生挥了挥手，好像在说：

"别急,我马上就来收拾你们。"然后,他转向我和罗瑞。

"你们好!"他说。

"你好。"我们齐声回应道,想不到别的话说。

"罗瑞·威廉姆斯,"博士将双手插进口袋,立马皱起眉头扔掉了兜里的一条鱼,"罗瑞,罗瑞,罗瑞……是你让诡谲之海把我复活的吗?"

"是的。"罗瑞露出了微笑。

"绝顶……"博士的脸上闪过一丝微笑,然后沉了下来,"绝顶糟糕。"

"为什么?"

"因为我竭尽全力想要避免的就是让诡谲之海读取我的思想。"

"可是我别无选择!"罗瑞反驳道,"你死了,但我不愿放弃你!我不能让他们得逞!"

"没事。"博士叹了口气,"现在……快跑!"说实话,我觉得他有点忘恩负义。

我从博士身上很快学到的一点就是,当他说出"快跑!"的时候,千万不要问原因,跟着跑就是了。整个动作就像呼吸一样自然。就在此时,诡谲之海发生了极其糟糕的事情。

博士站在原地,声嘶力竭地向诡谲之海解释说:"我很抱歉!"他喊道,"我一直在努力避免惨剧发生!"

诡谲之海发出如同尖叫般的噪音回应着博士。

博士提高了音量,"知交客通过读取人类的思想,从而变成他们最思念的人。你们面面俱到,不仅承担了他们的一切痛苦,而且知悉他们的一切往事。因此,我深信自己无论如何也不能被你们读取。我尽力了。"

诡谲之海再次尖叫起来,海水在博士身边翻涌上涨。

"我活得太久了,思念之人不可计数。"博士伸出一只手,面向汹涌的大海,"我的思想是你们能读取到的最糟糕的东西。"

突然,一阵狂风呼啸而过,把我们吹倒在地,将沙子吹进了眼睛。我努力睁开双眼,看见诡谲之海扭曲着向外伸展,开始变形,恐怖得难以言状。一个由海水拗成的巨型生物高高耸起,露出了触须、爪牙和数百张正在嘶吼的嘴。那个生物不断变幻着身形,升得越来越高,阻挡了周遭的狂风。组成生物的海水一会儿剧烈地沸腾起来,一会儿向外扩张,一会儿又渐渐消散。从某些角度看,好像出现了一张张咆哮的人脸和不断挣扎的四肢;从另一些角度看,好像又出现了闪闪发光的巨塔。我无法描述眼前的景象,只看见一团巨大的、梦魇般的混沌之物在一点一点变大,交织着越来越深重的痛苦。

悲鸣之外,我听到博士扯着嗓子大喊着:"我是最后一个时间领主!"他又压低声音,冷酷地说,"装袋区出现不明物体。"

然后,整个海滩发生了爆炸。

玛丽亚的来信

圣克里斯托弗

1783年12月8日

亲爱的妈妈：

我从漫长的睡梦中醒了过来，看见博士正在堆一座沙丘城堡。

看到我望着他，博士露出了微笑，"你好，玛丽亚。"他说，"这是个漫漫长夜，其他人都还在睡觉。"

我站起来，拂去裙子上覆盖的沙子，看向四周。海滩上遍地都是陷入沉睡的人，艾米和罗瑞相拥在一起，病人们东一片西一片地躺在沙地上。我已经很久没有看到这样的好天气了，天朗气清的早晨，湛蓝的大海与地平线相接，海鸥懒洋洋地掠过海面。

我走过去，想要帮博士一起堆沙丘城堡。可是，他竖起一根手指提醒道："好了，玛丽亚，这些都是精细活儿……"我看了一眼，这座城堡真是美轮美奂，城垛、塔楼、窗户一应俱全。

我失望地说："先生，你已经完工了吗？"

他摇摇头，"城堡里没有人怎么行呢？"

于是，我们用沙子塑了很多小人。博士捏了一个长得有点像我的公主，而我则试着捏了一些士兵，但都很粗糙。

"海滩上那些人还好吗？"我问。

博士仔细打量着海滩，"他们正在睡梦中消除巨大的精神创伤，所以最好不要惊动他们。大家都会没事的，我已经检查过了，还冲回诊所拿了些毯子过来。经历了这么多事情之后，再让他们着凉似乎不太合适。"他叹了口气，拍倒骑在马上的骑士，和我继续捏着小人。

"好了，大功告成，非常完美。"他顿了一下，"玛丽亚，那些是什么人？"

我指着我的护卫队，"这是攻打城堡的军队，不可或缺。"

博士叹了口气，"好吧，我猜中了。"他看起来很沮丧。

"先生，如果你觉得不妥，那我就把这些小人推倒。反正是沙子做的。"

他摇了摇头，看上去又苍老又疲惫，"不必了，玛丽亚，你没做错。"

我们就这样沉默地坐了一会儿。

"艾米和罗瑞怎么不玩儿？"我问。

博士笑了起来，"他俩那个年纪已经不适合堆沙丘城堡了。"

"我们堆这些有什么意义？"我问，"海浪不是会把它们冲垮吗？"

博士皱起眉头，"倒像是艾米会说的话。"他叹了口气，苦笑道，"或许你也到了不适合堆沙丘城堡的年纪。"他轻轻地刮了刮我的鼻子。

我摇了摇头。这个人可真有意思。

接着，他跪在沙地上帮我挖护城河，"你的护城河建得很好，能够把海水隔绝一段时间。虽然不算宏伟，但已经相当不错了。"他向后坐在脚后跟上，"有时候，你只能期望这么多。"

"大家都怎么了？"我问他。

"哦……"他似乎希望我没问这个问题，"好吧，大海孕育了一种美好罕见的生物。它们尽了最大努力，但结果却不如人意。它们受伤了，习惯性地想找一个可以控制自己的大脑。一开始，它们找上布卢姆医生，但他还不够强大。接着，它们找到了鲍里斯王子，让他……呃……得到了梦寐以求的一切。它们不仅治好了他的疾病，而且还去除了他的懒惰。这听起来有点傻，但它们真的以为只要不再让他烦恼，他就会愉快起来。你们人类真是古怪愚蠢。"

没错，妈妈，他真的说了"你们人类"。仔细想想，这说法太诡异了。

"当我们初次来到这里时，我就察觉到它们在我的大脑里搅来搅去。我知道它们是什么，也知道绝不能让它们读取我的思想。绝对不行。我的所见所闻，我所失去的一切……这些记忆会把它们撕成碎片。它们本来那么友善、高尚，我试着拯救它们，"他难过地叹了长长一口气，"但并没有成功。"他睥睨着远处的大海，海面上隐约闪烁着微弱的绿光，"它们现在或许还一息尚存。"

我拍了拍他的胳膊，"你尽力了，先生。"

他紧紧握住我的手，"多谢安慰。"

随着沙子飞溅的声音，艾米跑了过来。就在她停下脚步的瞬间，沙子飞进了护城河。

"喂！"她大声地呼喊博士，"堆沙丘城堡？怎么，你才五岁吗？"

永远爱你的

玛丽亚

鲍里斯王子信件的部分摘录

一切就这样结束了,亲爱的安德烈,你兄长统治世界的计划告吹了!

我一直以为只有你和母亲知道我的真实面目(感谢她始终站在我这边),但时至今日,我才意识到博士也认清了我。

我从床上醒来,看见他正坐在一旁读着报纸。我冲他点了点头。

"你好!"他说,"不,不必费劲起身。你的精神状况还不太稳定,可能会导致脊柱像风铃一样叮当作响。"

我沮丧地说:"我猜,一番说教是在所难免了?"

令我惊讶的是,他耸耸肩说:"你真的想听吗?要知道,我已经花了上百年的时间和像你这样的人争论不休。尽管如此,没有一个人听进去了,就和在网上吵架一样。"他咧嘴一笑,"别担心,我无意浪费口舌。"

我也跟着笑了起来,直到他隐去笑容。

"好吧,"他说,"鉴于你对此感到困惑,那就让我们来捋一捋：一直以来被你利用的生物不见了，你们之间的心灵感应也随之消失。什么都不剩了。真是浪费我的口舌，这下你满意了吗？"

"不怎么满意，不过值得一试。"我说着，把床罩拉平。

"真的吗？"他一下子站起来，"好吧。"

"总得试一试，"我摆了摆手，"否则你永远不知道结果如何。"

"不，"他说，"我总是知道结果如何，而且总是会赢。我对此乐此不疲。"

"现在听上去有点像说教了，博士。"我打着哈欠说。

他点点头，"我很好奇……你总是像这样吗？真的吗？"

我摊开双手，"我这是自作自受。"

"你又开始惹人讨厌了。"博士生气地走来走去，"你以为接下来会发生什么？你会统治世界？告诉你，从这个时间节点开始，接下来会发生很多事情。很多人都会产生和你一样的想法，几年之后有个法国人就这样做了。不骗你。"

说到这里，我们都笑了起来。

我又拉了拉床罩，"实话告诉你，博士，我的确总是像这样……不过没什么意义。想想看，倘若你随时都可能死去，做这些事又有什么意义？可是后来，经过治疗之后，我逐渐开始好转，也意识到了它们的强大，而自己恰好可以利用它们……"

"我懂。"博士赞同道,并承认他自己也会不假思索地利用这种能力毁灭整个世界。好吧,他的原话并不是这样,但意思差不多。

"我很佩服你。"博士说,"不,不用怀疑,这不是恭维。在康复之后,你本来拥有了人生的第二次机会,却完完全全没抓住要点。"

"你错了,"我争辩道,"是你没抓住要点。我甘愿冒险尝试这一切,而你不敢,这就让我显得更了不起,而你则微不足道。"

博士耸耸肩,"好吧,我乐意显得微不足道。"

然后,他一眨不眨地盯着我,"诚然,"他说,"如你所言,你冒了很大的风险。"

"可是,看看我是怎么输的。"我叹息道,"要是运气好的话,我本可以长生不老。"

"然而,恰恰相反……"博士板着脸说。

"但说无妨。"我说,"我明白,疗效正在消退。"

"那你打算怎么办?"他问。

"哎,好好利用余下的时间。希望能多读几本书。"

"最好选篇幅短的书来读。"他点点头说,"好了,我得去收拾残局了。不过,在离开之前,我想确保你一切安好。"

"这是出于胜者的恻隐之心吗?"我问。

"也不全是。"他说,"我只是感到遗憾。正如我所说过的那样,我真的很喜欢你。"

说到这里,我俩又一次笑了起来。但紧接着,我的笑声变成了咳嗽,而且持续了很长时间。

等咳嗽渐渐缓解之后,我才发现博士已经离开了……

艾米记事簿

故事就这样结束了。和往常一样，冬日清冷的阳光穿过门廊的玻璃屋顶照了进来。整个房间陷入了可怕的沉默，病人们围坐在一起，听艾尔奎缇妮姐妹拉着哀婉的安魂曲。

博士走了进来，尽力无视所有人投来的谴责的目光，在远离壁炉的一张桌子旁落座，加入我和罗瑞，一言不发。

"这么说，"最终，罗瑞开口道，"事情全都解决了，是吗？"

博士一脸苦相，"历史已经回到了正轨上。对所有人来说，这个结局不算太美满，甚至有些混乱。"

我伸手指向病人们，尽力避开奥丽维娅·艾尔奎缇妮谴责的目光，"那他们会怎么样？"

"呃，事实上……还不错。"博士佯装自信地说，"有些人仍然可以康复，有些人则不可以——这取决于知交客之前的治疗程度。我、罗瑞，还有那些已经离开诊所的人都安然无恙，但还在接受治疗的人就说不准了。"他叹了口气，"这些病人得相信布卢姆医生的治疗方法。新鲜的空气、良好的卫生、乡村疗养……

这些超前的想法可能都有助于延长寿命。这一切都是布卢姆医生的功劳,所以,我不会干涉。历史本该如此。"

"真的吗?"

"真的。"博士没有直视我们的眼睛,"好吧,"他低声说,"差不多。"他留意到我们全都盯着他,"那我该怎么做?把他们都杀了吗?"

"祝你好运。"罗瑞说,"艾尔奎缇妮姐妹会把你拿下的。"

博士点点头,"虽然这个结局不怎么美满,但也不算悲伤。"

我看向博士,他看起来一脸疲惫。

"鲍里斯王子呢?"我问。

博士吐出一口气,望向窗外的大海,"他是一个非常有魅力的男人,我想我应该小心提防像他这样的人。"他扯了扯嘴角,"至少我不必提防你,罗瑞。"

"喂!"罗瑞说。

"塔迪斯怎么办?"

"哦,它会出现的,就像晚点的火车一样即将到站。"

"如你所愿。"我冲他莞尔一笑。

"呃,或许我们也可以在这里找份工作。"

我和罗瑞一起怒视着他。

"当然,不是在法国,也不是马上就找。"

他向后靠在椅背上。这一次,椅子没有翻倒。"成功了!"他说。

玛丽亚的来信

圣克里斯托弗
1783年12月9日

亲爱的妈妈：

就这样，博士把怪物赶跑了。现在我可以回家了吗？我很想你。我决定了，两只小狗就取名叫罗瑞和艾米。

永远爱你的
玛丽亚

内维尔先生的来信

圣克里斯托弗
1783年12月9日

亲爱的奥塔维斯：

你好，亲爱的老骗子。我有一个好消息和一个坏消息要告诉你。坏消息是，我感觉疗效在逐渐消退；好消息是，我不会回家了。你不用受罚，也不用再面对我的坏脾气了。

我将在圣克里斯托弗度过余下的日子，这里不仅空气清新，而且让我结交了不少朋友，那位外国女士又和我说话了。我在这里找回了平静，收获了友谊，但是，可能没机会去海滩上散步了。

这个冬天令人愉快。天气虽然寒冷，但不算冻人，尽管已有雪花落在了海面上。这家诊所的医生其实是一个心地善良的家伙，我想我应该再给他一次机会。说不定，我还能活过来年春天……

谨启。

亨利·内维尔

布卢姆医生的日记

1783年12月9日

一阵敲门声过后,博士走了进来,手里还端着一只茶盘。

"早上好,布卢姆医生。"他说。

我没有答话,只是眺望着远处的大海。

最终,他又开口了:"关于你夫人的事,我真的很抱歉。"

"我也很抱歉冲你开了枪。"

"好吧,我们扯平了。"博士砰的一声放下茶盘,"既然还是朋友,不如就冰释前嫌。"

这个男人杀害了我的夫人,而此刻却面带微笑地坐在我对面。我已经杀了他一次——那时我痛下决心扣动扳机,本已决定背负一条人命苟且度日——结果,他现在竟然活生生地待在这里。

博士递给我一只玻璃杯,里面装的不是茶。

"你受到了惊吓,"他温柔地说,"我想这应该是白兰地,或者干雪利酒。好吧,或许不是,酒是棕色的。总之尝尝看,味道不错。"

我本想从玻璃杯里呷一小口,但手仍然在颤抖,于是放下了杯子。

博士将身子前倾,望着我的脸,眼睛一眨不眨,"我很抱歉。本来,我大可以说'是鲍里斯王子骗我这么干的',他是一个聪明绝顶的谋略家,把我们都骗了。但我想,我做得没错,在某种程度上而言……"

"她是我的夫人。"

博士摇了摇头,强调说她其实并不是我的夫人,她只在我的生命里出现了短短几个月,只是水月镜花等等。博士还说,她之所以出现,是为了控制我,让我相信那些生物。

真是一派胡言!在这个世界上,唯有佩蒂塔那么信任我,那么相信我,那么爱我。我们相识已有……我们已经……她不是真正的人类。

"慢慢接受这个真相吧。"博士说。

我发现太阳正在缓缓落下。即使是冬天,太阳落得也太早了。

"我知道你对我的看法。"他放低声音,想笑却没笑出来,"我要给你讲一个旅人的故事,在他所到之处,人们的生活都变得更加美好。我不是那个人,他也并不存在。我倒希望他存在,"他笑了起来,"我会相信他的。"

说完,他拍了拍我的膝盖,"我只是尽我所能,同你一样。

你很睿智，取得了不朽的成就。像你一样不朽的人将会消灭这种可怕的疾病，但你并不是那个人。不过，这并不意味着你不能继续为之努力。从现在起的一百年后，到处都会建立和这里相似的诊所，人们也会开始真正了解这种疾病。正是需要像你这样的人来实现这一切——坐下来静静思索，而不是告诉人们那些病人是吸血鬼，或者让他们喝焦油，又或者……"他停了下来。

"我离成功只有一步之遥。"我意识到自己的声音里没有任何情绪，只有希望。

"我知道。"他说，"但实际上，你没有，你只是闯进了一条充满迷惑性的死胡同。每个人都会遇到这样的情况。你以为自己正在治疗病人，却意外地在这个世界上释放了某种更糟糕的东西……好在你是出于善意才这样做的。"他叹息道，"我讨厌这种令人为难的时刻。"

"她本来有可能活下来吗？"

博士摇摇头，"是你在向她供应能量，同时她也给予你能量。"

"那我的病人们呢？"

他站起身，凝视着窗外，"这个冬天还不算太坏，是吧？总的来说，还算温和。"

我知道，这是我从这个奇怪的男人口中得到的最好的答案。

他心不在焉地收拾起我的桌子来，把桌面整理干净。突然，他停了下来，手里捏着一张纸。

"这是什么？"他问。

"如你所见。"我说。

那是一摞信件。他从叠得整整齐齐的纸堆上一张接一张地拿了起来。

"玛丽亚？"他笑了，飞快地浏览着信件，"一直以来她把这些事情全都记下来了？哦，老天保佑。对于一个十一岁的孩子而言，她的措辞真不错。"他哗啦哗啦地翻起来，"尽管不太准确……不，她错了，领结很酷。"他停下来对我咂了咂嘴，"不过，你不应该偷看别人的信件。"尽管这么告诫我，他自己却继续读了起来。

"我没有偷看。"我反驳道，"一封也没看过。"

"那她的信件为什么在你这里？"他生气地说，"你不应该把这些信件寄给她的母亲吗？"

我摇摇头，"不，恐怕我们没法这么做。"

博士的手在半空中颤抖起来，"为什么？"

我仔细地斟酌用词，如履薄冰地说："孩子的母亲不希望和她再有半点联系。"

"她把玛丽亚抛弃了？"博士震惊地说，"因为她得病了，她的亲生母亲就否认了她的存在？太残忍了。她是病人，不是孤儿。"

"她不是病人，博士。"我顿了顿，"她的母亲才是。"

博士愣住了,随即拿起一封信快速浏览起来,一遍又一遍地读着上面的话:"*我感觉好多了……我为什么还在这里……什么时候能再次见到你?*"

我还记得临别那天,那位母亲流着泪收拾完行李,正在等候马车。玛丽亚蹦蹦跳跳地待在一旁,盼望一同回到巴黎。

她的母亲痛苦不堪地望着我。我只好走上前,对小女孩说:"玛丽亚,亲爱的,我有点担心你的体温。"我将手放在她的额头上,"好吧,还有一点儿烧。很遗憾,你不能和妈妈一起回家了。这是为了你好,因为你还没有完全康复。"

"可是……"玛丽亚抗议道,伤心地哭了起来,没看见她母亲脸上的表情。

佩蒂塔急忙走上前,"好了,玛丽亚,"她说,"我们都很担心你。巴黎的空气那么肮脏,对你的身体没有好处,你明白的。你得再待一段时间,直到完全康复。"玛丽亚抬头望着她。我觉得就是从那时起,她开始记恨佩蒂塔了。

"布卢姆夫人说得没错。"玛丽亚的母亲说,眼睛里闪着泪光,"或许,你应该留下来。"她又转向我,"我想……我想她必须留下来,对吧,布卢姆医生?"她断断续续地说,神色犹豫。

佩蒂塔点了点头,紧紧按住小女孩的肩膀,目送她的母亲登上马车,扬长而去。

临走之前,玛丽亚对她说的最后一句话是:"我可以给你写信对吗,妈妈?"

我将这段悲伤的往事回忆了一遍。

"博士,她的母亲是我最早接收的一批病人。等有所好转后,她就把玛丽亚留在了这里。为了摆脱看见她的痛苦,那位母亲承受了太多。"

博士的声音空洞而悲伤,"玛丽亚还不知道这些,是吧?"

"其实,那个可怜的女人是在失去女儿不久后病倒的。诡谲之海彻彻底底地读取了她的思想,将女儿的替身送还到她身边,然后治好了她。"

博士一屁股跌回椅子上,凝视着我,手里还攥着最后一封信。

"对不起,博士。玛丽亚是诡谲之海创造出来的,她不是真实的。"

玛丽亚的来信

圣克里斯托弗
1783年12月10日

亲爱的妈妈：

除了间或传出的咳嗽声，这里静悄悄的。如今，博士、艾米和罗瑞就要离开了，我又感觉孤单极了。我可以回家了吗？我很想你，不想一个人待在这里。

永远爱你的

玛丽亚

罗瑞的故事

我得说，博士并不总是做得正确，也无法拯救每一个人。有时候，艾米却似乎对此视而不见。在她眼中，博士就像圣诞树上的天使一样闪闪发光。她看不到他眼神里的冰冷无情，也察觉不到当笑话冷场时，他是怎么一直装作笑个不停的。

临行那天早上，艾米从海滩上跑回来，告诉我们塔迪斯又出现了，不知道从哪儿冒出来的。博士毫不犹豫地冲了过去，虽然竭力装出满不在乎的样子，但实际上跑得比谁都快。我想那是因为塔迪斯才是他的家，才是他的老朋友。当我和艾米已经不在人世时，他仍然会和他的蓝色魔衣橱[1]相伴一生。

我没有跟过去，而是留下来享用最后一顿早餐。虽然很想说是为了食物，但其实是为了和所有人告别——博士完全忘了这回事。艾尔奎缇妮姐妹朝我的餐桌走了过来，奥丽维娅不停地喘着粗气，她的妹妹则虚弱不堪、骨瘦如柴，看上去仿佛一把扫帚似的。

---

1. 魔衣橱出自英国作家C.S.刘易斯创作的系列小说《纳尼亚传奇》。

内维尔先生在我们附近徘徊。我留意到，他不放心让奥丽维娅一个人待着。真是贴心，这个凶悍的男人终于成熟了。他似乎想要代奥丽维娅说情，但后者用一道严厉的目光制止了他，说这是家庭事务。

她们吃力地在我身边坐下，"年轻人，听说你们就要离开了？"

我点了点头。

"好吧。"奥丽维娅说着，双手紧紧交握，"我的妹妹有话要对博士说，你能帮忙转达吗？"

我又点了点头。我还从未听过海伦娜开口说话。

"她一直在为此省口气，"奥丽维娅解释道，"但我猜他不会回来了，是吧？"

在她说出口的瞬间，我顿时明白了这一点。"是的，不会。"我回应道。

她坚定地点了点头。

海伦娜向前探身，用瘦骨嶙峋的手握住我的手，"告诉他……告诉他……我讨厌他。"说完，她靠回椅背大口地喘息起来。

"我也是。"奥丽维娅说着，伸手去拿油酥点心。

我看到玛丽亚和艾米在海滩上跑来跑去。艾米跑了过来，一把抱住我，"这是我的罗瑞！"她说着，抱得更紧了。

"海边真是冻死人了。"我说。

"我的罗瑞开始抱怨了。"艾米说着,用胳膊肘捅了捅玛丽亚,后者笑了起来。

玛丽亚上下打量着塔迪斯,"这真的是你们的马车吗?"她问,"看着可不怎么样,先生。连轮子都没有。"博士正在里面忙来忙去。

"它不需要轮子。"艾米大笑道,"这是英式马车,没有轮子。"

"要靠罗瑞先生来推吗?"

"必要时可能要。"艾米笑了起来。

我们陷入了沉默,都在等博士从蓝盒子里出来。气氛真是尴尬,就像在等一辆晚点的公交车一样。

博士从塔迪斯里探出头,咧开嘴笑了。

"玛丽亚!"他说,"我要给你一个惊喜!"

玛丽亚疑惑地看着他,"一个英式惊喜吗?"

博士摇摇头,"不,不,不,我为什么要给你那玩意儿?它们统统是垃圾。我要给你的是一个甜蜜温馨的法式惊喜。"

博士牵着一位穿着斗篷的优雅女士走了出来。

玛丽亚惊呼着向前跑去:"妈妈!"她死死抱住这位女士的裙摆。

她俯下身去,亲了亲她的女儿,"亲爱的,"她说,"我很想你,你的气色很好。"

"我知道！我有好多好多故事要和你说！博士真的是最不可思议的人！他太聪明了，想到了这个惊喜！"

玛丽亚的母亲看着博士，有那么一瞬，她看起来神色冰冷，一脸茫然，仿佛一点也不喜欢他。"确实。"她只说了这么一句话。

"我们能回巴黎了吗？"玛丽亚问。

她的母亲摇摇头，"还不能。我想，我们应该来一场旅行，先去其他国家看一看。"她向我们道别，然后微笑着对女儿说，"走吧，圣克里斯托弗往这边走。我很乐意去租一辆马车。"

"你没有坐马车来吗？"

玛丽亚的母亲僵硬地笑了笑，"没有。我一直和博士在海边散步，他把事情的经过都解释给我听了。"说完，她牵起玛丽亚的手走远了。她的脚甚至没有完全着地，但玛丽亚毫无察觉。

博士打开塔迪斯的门，"如我所说，它们一息尚存，仅能再创造最后一个知交客，真是不可思议的生物。"他带我们走进去，"它还能发挥作用去传递一份爱。"

我和博士看着艾米跑向控制台。博士转向我，仔细端详着我的脸。

"你觉得如何，罗瑞？"他问。

我看了一眼艾米，然后回答道："当博士的感觉真古怪。"

"是吗？"博士淡淡一笑。

"你怎么能应付过来？"

"嗯……"博士扯下门上一小块松动的干颜料,"我只是尽可能创造一个美满的结局,然后关上塔迪斯的门继续前行。"

我点了点头。

于是,我们一起关上身后的门,继续踏上时空之旅。